T0294296

El silencio de la rana

Para Cucurucho, Piruleta, Pirata y Boquerón

Editorial Bambú
es un sello de Editorial Casals, SA

© 2019, Miguel Martín Sandín, por el texto
© 2019, Editorial Casals, SA, por esta edición
Casp, 79 – 08013 Barcelona
Tel.: 902 107 007
editorialbambu.com
bambulector.com

Autor representado por IMC Agencia Literaria SL.

Ilustración de la cubierta: Beatriz Martín Vidal
Diseño de la colección: Miquel Puig

Primera edición: febrero de 2019
ISBN: 978-84-8343-578-6
Depósito legal: B-1052-2019
Printed in Spain
Impreso en Anzos, SL
Fuenlabrada (Madrid)

El silencio de la rana
Miguel Sandín

bam bú

EDITORIAL

«Después de esta noche,
el día es la noche.»

ANDRÉ BRETON

Recuerdos de infancia

Uno de los pensamientos más estimulantes para la mayoría de los adolescentes consiste en anticipar con la imaginación su decimoctavo cumpleaños, como si ese preciso momento en el que dejarán de ser solo hijos, primos y sobrinos para convertirse en personas a ojos de la ley marcase la frontera entre un antes sometido a la voluntad de otros y un después liberador.

Clara no era una excepción, aunque tampoco sería justo decir que el asunto la tuviese obsesionada. Poder votar, pedir una cerveza o sacarse el carné de conducir eran más bien temas frecuentes en las conversaciones con los compañeros del instituto que una seria preocupación personal.

Hasta el día que los cumplió.

A costa de sus ahorros había estado celebrándolo con unos cuantos amigos en la bodeguilla del barrio y, al regresar a casa, encontró todas sus pertenencias organizadas con mucho esmero en el rellano de la escalera. Allí estaban dos maletas a punto de reventar, la mochila, su ordenador, el caballete, las pinturas, media docena de cuadros, sus patines y, coronando aquel baratillo con orgullo de alpinista, se encontraba Cuco, el oso panda de peluche con el que había dormido cada noche hasta hacía apenas un par de años.

Desde que había suspendido segundo de Bachillerato la relación con su madre no pasaba por su mejor momento, pero aquello le pareció una broma de muy mal gusto, así que pulsó el timbre con un enfado de nivel nueve en la escala de Clara Castillo.

—Mamá, ¿se puede saber qué es esto? —preguntó a la nariz de Teresa, que asomaba sobre la cadenilla de la puerta entreabierta.

—Tan tonta no puedes ser, ¿verdad? Son tus cosas.

—¿Y se puede saber qué hacen aquí?

—Supongo que esperar a que te las lleves. Estoy cansada de oírte decir que te deje en paz porque sabes lo que haces y, puesto que hoy has cumplido dieciocho años, la ley ya no me obliga a seguir oyéndolo. A partir de ahora vas a tener que demostrarlo.

—Pero mamá, esto es una... —solo acertó a decir sin encontrar el modo de terminar la frase.

—Mira, Clara, estoy reventada de doblar turnos en el hospital, hacer guardias de noche y fines de semana para que tú malgastes el tiempo y mi esfuerzo en las redes sociales, los amigos, los dibujitos, cuidar ese aspecto de bruja que te gastas o cualquier cosa que no sea cumplir con tu única obligación, que es estudiar... Así que he decidido que todo eso se acabó.

La puerta se cerró con suavidad ante la mirada atónita de la joven, que aún permaneció un buen rato sentada en los escalones del tercer piso tratando de asimilar lo que acababa de sucederle. La posibilidad menos preocupante era que su madre estuviera dándole una lección, pero a medida que pasaban los minutos esa vaga esperanza desaparecía y su lugar empezaron a ocuparlo dos problemas. El primero, dónde dormir esa noche, y el segundo, no menos angustioso, cómo llevar hasta allí semejante cantidad de bártulos.

La opción más lógica era llamar a su padre, pero que se encontrase en la ciudad sería un milagro, y además se vería obligada a dar más explicaciones de las que le apetecía en aquel momento; tal vez mañana. La otra alternativa absurda pasaba por telefonear a Quique. Además de ser el más responsable de todos sus amigos tenía coche, y Clara había advertido las miradas que de vez en cuando le dirigía.

Han sido muchos los meses que he estado madurando la idea de escribir estas memorias. Me retenía la dificultad que una tarea de esta envergadura supone para alguien que nunca fue un hombre de letras, a pesar de los idiomas que me obligaron a aprender y de los libros que durante años me hicieron leer en contra de mi voluntad. Ahora que por fin he tomado la decisión, entiendo que lo más complicado de contar la propia vida es la obligación de ser siempre sincero, algo que, como ya se desvelará, resulta particularmente delicado en mi caso. Sin embargo, es un compromiso que he adquirido con mi conciencia antes de tomar la pluma, y por eso voy a vencer la tentación de comenzar por aquella tarde nefasta en la que fui obligado a abandonar la casa familiar, dejando allí, con lágrimas en los ojos, a mis padres, mis hermanos y mi abuela abrazados con desconsuelo mientras me veían partir.

Casi he llegado a olvidar que tuve un pasado anterior al día en el que la Guardia Real me secuestró, pues palabra más suave no encuentro para describir aquel suceso. Pero lo tuve. Nada menos que diecisiete años de pasado.

Vine al mundo en el año del Señor de 1684 con el nombre de Ignacio Feronte, hijo primogénito de Catalina Salmer y de Ignacio Feronte, quien a su vez era hijo de Ignacio Feronte y, al igual que él, también carpintero. Como es fácil suponer, yo mismo estaba llamado a serlo, y las primeras imágenes de mi infancia están repletas de clavos, martillos, leznas y serruchos, motivo por el cual tampoco faltan en aquellos recuerdos cortes, rasponazos y magulladuras de todo tipo. Estos accidentes se multiplicaron con la llegada de mi hermano Antonio, pues sabido es que veinte dedos hacen más daño que diez, y si ya las disputas entre hermanos adquieren en ocasiones inusitada violencia, qué añadir si ese monstruo puede ser alimentado con cinceles, tenazas y estacas de muy variado grosor y longitud.

A pesar de aquellos juegos un tanto asilvestrados, debo pensar que Antonio y yo nos queríamos, pues no recuerdo momento en que alguno de los dos se quejara ante padre de un moratón o una brecha, sino que antes bien nos culpábamos a nosotros mismos de torpeza en el manejo de alguna herramienta. Ni siquiera me delató el día que le lancé a la cara un cepillo de raspar, el cual entró por su boca al tiempo que dos dientes salían de ella. Otro tanto hice yo cuando una certera estocada de punzón amplió en un par de pulgadas la comisura de mis labios.

Algún tiempo más tarde nació mi hermano Juan, quien por indefenso recibió con frecuencia y no pocas lágrimas las villanías conjuntas que Antonio y yo le dedicábamos. Por último, madre alumbró a la pequeña Marta, a quien entonces apenas tuve tiempo de ver cómo daba sus primeros pasos.

De padre recuerdo sobre todo su empeño en que aprendiéramos números. Una y otra vez nos repetía que un buen carpintero es aquel que sabe tomar las medidas exactas y no se deja engañar en las cuentas ni por la serrería ni por los clientes. Por este motivo, cada noche después de la cena nos hacía repetir la tabla de multiplicar y nos obligaba a realizar sumas, restas y divisiones con los mismos carbones que usábamos en el taller para marcar las líneas de corte. No era Ignacio Feronte hombre dado a perdonar errores, ya fuese en el trabajo o en las operaciones matemáticas, y cada descuido en una u otra tarea nos hacía merecedores de una ración de correazos equivalente a su gravedad.

Pensando en madre, lo primero que me viene a la mente es su colosal temperamento. Más eran de temer sus manos desnudas que el cinturón de padre cuando quería la circunstancia que fuese ella la encargada de aplicar justicia. Prueba de aquel tremendo carácter es que no solo atendía el hogar, un marido, cuatro hijos y una madre impedida. Además, si el plazo de una entrega se aproximaba y el encargo no estaba listo, sin desprenderse de su eterno delantal de flores subía al taller para poner clavos, serrar listones, encolar juntas o barnizar acabados con tanto empeño que su ánimo terminaba por contagiarnos a todos. A pesar de nuestra existencia humilde, nunca presencié que padre y ella discutieran o se faltasen al respeto, hecho al que la vida más tarde y de muy cruel manera me fue desacostumbrando.

13

Tanto, que hoy no logro encontrar a nadie de mi confianza a quien entregar estas memorias sin la sospecha de que serán destruidas de inmediato, y es necesario que, en un futuro día, salgan a la luz ciertos sucesos oscuros de la historia de nuestro reino que en ellas tengo intención de desvelar si mi salud, cada vez más delicada, me lo permite. Solo pido a Dios que el lector a cuyas manos lleguen sepa utilizar con prudencia la información que en ellas dejaré, y espero que me disculpe si estas páginas anteriores estuvieron más dedicadas a arrojar algo de luz sobre lo que una vez fui antes de perderme para siempre.

Ahora bien, quizá algunos de estos sucesos de mi infancia que he procurado narrar con toda la veracidad que mi memoria me permite ayuden a entender mejor mi conducta, no siempre noble, durante los siniestros acontecimientos en los que sin pretenderlo me vi más tarde envuelto. Quiero dejar bien claro que no busco el perdón, ¿cómo podría hacerlo si yo mismo soy incapaz de perdonarme? Tal vez, a lo sumo, un poco de comprensión. O de compasión, pues no pocas veces una cosa lleva aparejada la otra.

En este punto, el lector de las memorias dejó el manuscrito sobre la mesa. Sentía el pulso acelerado y aprovechó para tomar aire y servirse un vaso de agua antes de proseguir el relato.

Todo comenzó la mañana en la que un mensajero de la casa real se presentó en la villa y convocó a los habitantes en la plaza para informarles de que el nuevo rey, con el propósito de conocer mejor el país y a sus súbditos, realizaría en breve una visita. Por tal motivo cada ciudadano debía esmerarse en dejar su calle limpia y adornada para recibir a su majestad.

El jinete italiano

Cuando despertó, Clara era incapaz de recordar dónde se encontraba. Apenas había luz y por eso el desconcierto no venía de las formas ni los colores, sino de esos ruidos tan diferentes a los acostumbrados, del extraño tacto de las sábanas, y, sobre todo, de aquel maldito olor a gasolina. Entonces cayó en la cuenta de que estaba en el garaje de Quique y de que todas sus propiedades se encontraban repartidas entre el maletero y el asiento trasero del coche. Recordó también que él había venido a buscarla cuando su madre la dejó en la calle y que le ofreció dormir allí hasta que la situación se aclarase. El cuadro de su vida le resultó de pronto tan deprimente que volvió a cerrar los ojos.

No los abrió de nuevo hasta que sintió cómo unas manos la zarandeaban con delicadeza.

–Clara, ¿estás despierta? –preguntó Quique a su lado.

–Por desgracia. ¿Saben tus padres que estoy aquí?

–Sí, y me he llevado una buena bronca.

—Lo siento mucho, Quique, tú me ayudas y yo te meto en problemas. Me iré ahora mismo.

—No ha sido por eso —corrigió el joven meneando la cabeza—. Ha sido por dejarte en el garaje. Mi madre dice que tenía que haberte llevado a la habitación de mi hermana: hay dos camas porque a veces mi prima se queda a dormir.

—Qué majos, ¿no?

—Sí, bueno, a ratos... Supongo que como todos los padres.

El gesto de Clara se torció en una mueca desdeñosa.

—Hoy mi madre no me parece maja precisamente.

—De un modo u otro esto terminará arreglándose, ¿no te parece? —preguntaban los ojos azules de Quique con batir de pestañas—. Anda, ven a casa y te aseas; nos esperan para desayunar.

—Debo tener un aspecto horrible, no sé qué va a pensar de mí tu familia.

—Me parece que ahora mismo ese es el último de tus problemas —dijo él mientras la ayudaba a incorporarse de la colchoneta hinchable—. Además, mi padre está trabajando.

La madre y la hermana de Quique fueron muy amables y tuvieron la delicadeza de evitar preguntas que pudieran incomodarla, aunque para Clara no pasó inadvertido el notable interés de la joven por los cuatro pendientes que se alineaban en su oreja izquierda.

—No hace falta que te diga que puedes quedarte aquí todo el tiempo que necesites —dijo la madre de Quique después de servirle un par de tostadas y una taza de café con leche.

—Muchas gracias, hoy intentaré localizar a mi padre.

—¿No vive en la ciudad?

—Tiene un piso en el centro, pero toca el contrabajo en una orquesta sinfónica y casi siempre está viajando.

Clara ayudó a recoger la mesa y luego, desde la habitación de Quique, marcó el número de su padre con muy poca confianza en que alguien respondiese; sin embargo, antes del tercer tono lo inesperado sucedió.

−¿Diga?

No fueron necesarias muchas explicaciones. Su madre y él habían hablado y estaba al corriente de lo sucedido.

−¿Vas a estar en casa todo el verano? −preguntó Clara.

−Tengo actuaciones por varias ciudades, así que estaré yendo y viniendo, pero por suerte este año no está previsto ningún concierto en el extranjero, así que puedes quedarte sin problema. Por cierto, ¿ahora dónde estás?

−Con un amigo.

−¿Quieres que pase a recogerte?

Apretando el auricular contra su pecho, Clara preguntó a Quique si podría llevarla y él asintió sin dudarlo.

−No hace falta, papá, tengo las cosas en el coche de mi amigo. Él me acerca.

−Como quieras.

−Hasta ahora.

Con los brazos en cruz, Quique contemplaba a una Clara cabizbaja sentada en su cama.

−¿Ves? Ya te dije que de algún modo se iba a solucionar... ¿Qué pasa, no estás contenta?

−Digamos que la relación con mi padre nunca ha sido muy estrecha y no me apetece nada irme a vivir lejos de mis amigos.

−Piensa en las nuevas oportunidades. Quizá encuentres tiempo para pintar y preparar las asignaturas que te han quedado.

—Eres un encanto, Quique, pero si vuelves a hablar como mi madre te suelto el guantazo que me hubiera gustado darle a ella.

Ni los más ancianos recordaban que jamás un rey hubiese venido a la villa; por eso, la visita de su majestad Félix I fue un acontecimiento que nadie estaba dispuesto a perderse. Familias enteras de campesinos habían llegado también desde las pequeñas aldeas vecinas y aquella mañana las calles se encontraban atestadas de gente, todos ansiosos por encontrar la mejor posición para ver de cerca al joven monarca extranjero llamado a dirigir sus destinos.

Con bastante astucia y no pocos codazos, Antonio y yo conseguimos un puesto privilegiado en la calle Mayor, por donde estaba previsto que pasase la comitiva. Recuerdo que, por causa del calor sofocante y el racimo de cuerpos poco habituados a la higiene, se produjeron varios desvanecimientos que un vaso de agua curaba al instante, pues nadie se dejaba retirar de la posición ganada con tanto esfuerzo. A nuestro alrededor las mujeres mostraban entusiasmo ante un rey que, según se decía, además de joven era muy atractivo y, desde luego, mucho más inteligente que el anterior; los hombres, en cambio, no ocultaban en voz baja su recelo ante el hecho de ser gobernados por un extranjero.

La espera fue larga. El sol estaba en su apogeo cuando comenzaron a oírse las fanfarrias imperiales. Creo que nadie sabía muy bien qué esperar de la visita de un rey, tal vez que pasease por las calles y estrechara manos mientras iba preguntando por la historia de la ciudad o las necesidades de sus pobladores.

Pero nada de eso sucedió. Tras la banda desfiló la caballería, luego un puñado de infantes con el escudo de la nueva casa real y, pegada a sus talones, una carroza engalanada con sedas y una pedrería cuyos reflejos deslumbraban. En diversos puntos del recorrido, las cortinas interiores se entreabrían dejando ver una peluca, un sombrero, una mano enguantada que oscilaba de un lado a otro a manera de saludo.

La carroza ni siquiera se detuvo. Salió de la ciudad por el extremo opuesto al que había entrado en ella. Supongo que la jornada no hubiese tenido otro recuerdo que una broma de mal gusto para contar a las generaciones futuras de no ser porque uno de los jinetes que cerraba el cortejo me miró de pronto fijamente a la cara, detuvo el trote de su caballo y, sin desmontar, se dirigió al lugar donde mi hermano y yo nos encontrábamos.

−¿Cuál es tu nombre, muchacho? −me preguntó.

−Ignacio Feronte, señor.

−¿Cuántos años tienes?

−Diecisiete, señor.

−¿Vives en esta ciudad?

−Sí, señor.

A modo de saludo se llevó la mano al casco antes de reincorporarse al séquito y yo me quedé allí, paralizado como un espantapájaros mientras Antonio me miraba con asombro y algunas manos caían contra mi espalda, como si me felicitasen por algún mérito que yo desconocía.

El sorprendente suceso volvió a merecer ya en casa todo tipo de interrogantes y comentarios. Hasta cinco veces tuvimos Antonio y yo que repetir cómo había ocurrido la escena, seis si contamos al vecino que se acercó a conocer de primera mano si era cierto el rumor que corría por el barrio. Para madre el asunto estaba bien claro: su hijo era con diferencia el joven más apuesto de la ciudad y resultaba natural que llamase la atención. Padre, más práctico y menos dispuesto al elogio, consideraba probable que la nueva caballería real estuviese escasa de hombres y lo cierto es que el cazurro este (es decir, yo) tenía buena planta, de alguien la habría sacado.

Con las ocupaciones de la tarde en el taller y un par de emboscadas que Antonio y yo preparamos a Juan rematadas con sendos pescozones, el suceso de la mañana fue cayendo en el olvido, aunque en algún rincón de mi cabeza permanecía grabada a fuego la mirada de aquel jinete colmado de medallas. Que yo pudiese recordar, hasta entonces solo Hortensia, la hija del frutero, con la que poco tiempo antes había comenzado inocentes amoríos, me había mirado alguna vez de forma parecida.

Como fuese, pasado el orgullo por el protagonismo adquirido, el asunto me producía una enorme incomodidad y me esforcé cuanto pude en no volver a pensar en ello. Creo que lo conseguí hasta que en la puerta de la casa resonaron cuatro golpes como cuatro truenos.

Hay momentos en la vida de los que podemos recuperar sin esfuerzo hasta el más pequeño detalle, y en la mía aquel es uno de ellos. Acababa de ponerse el sol y por eso estábamos ya en la planta baja, aseándonos por turno en la palangana antes de la cena.

—¿Quién puede ser a estas horas? —preguntó madre.

Como si su duda hubiese sido oída desde el exterior, todos pudimos oír la respuesta con absoluta claridad.

—¡Abran a la Guardia Real!

Todas las miradas de la casa cayeron sobre mí antes de que padre se decidiese a obedecer lo que había sonado más como orden que como ruego.

El jinete de la mañana, al que de inmediato reconocí, entró en la cocina seguido por otros dos hombres también uniformados.

—¿Qué os parece? —preguntó dirigiéndose a sus acompañantes mientras me señalaba con la mano extendida.

—¡Es... increíble! —exclamó uno de ellos.

El otro asentía con la boca abierta sin apartar los ojos de mí.

—Disculpen que no me haya presentado, soy el duque Giuliano Manfredi, consejero personal de su majestad Félix I, y ellos son... mis asesores. ¿Es usted el padre de este joven llamado Ignacio Feronte?

—Lo soy, sí señor —replicó mi padre secándose las manos.

Hoy por hoy aún no tengo claro si las tenía húmedas por lavarse, por albergar bajo su humilde techo a un personaje tan ilustre o porque sospechaba ya que aquella visita no traía buenos presagios.

—¿Hay algún lugar más tranquilo donde podamos hablar?

Padre le condujo hasta el pequeño despacho donde atendía a los clientes y cerró la puerta. Madre me abrazaba, Antonio me hacía toda clase de muecas, Juan no apartaba sus ojos de las medallas que lucían los asesores y estos no apartaban sus ojos de mí. Entretanto, la abuela acunaba a la pequeña Marta, que en ningún momento había dejado de llorar.

Soy incapaz de determinar a ciencia cierta si transcurrieron algunos minutos o varias horas antes de que padre y el duque salieran del despacho. Solo sé que a mí me parecieron siglos y que cuando regresaron la cara del duque lucía más satisfecha que la de mi padre, quien mostraba una serenidad capaz de convencer solo a quien no le conociese bien.

—He llegado a un acuerdo con su marido —anunció el jinete italiano dirigiéndose a madre—. Su hijo Ignacio ha sido elegido para formar parte del nuevo séquito real. Se trata de un honor que no está al alcance de cualquiera; por eso, hemos decidido que hoy mismo venga con nosotros.

—Pero... —trató de decir mi madre mientras padre meneaba la cabeza para indicar que toda protesta resultaría inútil—. ¿Para hacer qué? —preguntó, no obstante.

—De momento trabajará como carpintero en palacio, puesto que es lo que sabe hacer, pero ya le buscaremos un puesto más interesante.

—¿Y tiene que ser ahora? —insistió ella.

—Me temo que sí —respondió el noble con absoluta seguridad—. Mañana mismo partimos hacia la capital.

—Pero no ha cenado —dijo madre sin saber ya qué argumento encontrar para no perderme.

—No se preocupe, señora, que a partir de hoy nada ha de faltarle.

Puesto que los años me permitieron conocer muy bien al astuto y eficaz Giuliano Manfredi, creo que no mentía en aquel instante, es solo que no estimó digno de valor todo lo que precisamente a partir de aquel día habría de faltarme. Me refiero al cariño de la familia, la libertad o la compañía de la única mujer a la que amé.

Sin soltar las memorias, el lector apagó la luz de la lámpara y descorrió muy despacio las cortinas para espiar la calle. La noche parecía tranquila y fuera no se apreciaba nada extraño. Si se daba prisa, quizá tuviera tiempo de acabar la lectura antes de que llegasen.

Era mi vida de lo que se estaba hablando y mi opinión era por completo irrelevante. Tal vez por eso me decidí por fin a abrir la boca, siquiera fuese para manifestar mi presencia.

—¿Puedo al menos recoger mis cosas y despedirme de Hortensia?

—Nada de lo que aquí dejas va a serte ya necesario, muchacho.

Así es como el destino cambió mi futuro de un día para otro. Sin apenas tiempo, me despedí de los míos antes de abandonar para siempre la casa en la que había nacido, con la mano del jinete italiano sobre el cuello y repitiendo en voz baja, para darme ánimos, las últimas palabras que padre me había susurrado al oído durante nuestro último abrazo.

—Sé siempre honrado pero nunca estúpido, generoso pero nunca ridículo. Y aprovecha las ocasiones que el destino ponga en tus manos.

Camino de palacio

Clara no tenía la menor idea de lo que iba a decir su padre cuando al abrir la puerta encontrase todas aquellas cosas amontonadas junto al ascensor. Pero Javier no dijo nada, se limitó a contemplar aquel mercadillo con una sonrisa que tanto podía significar una cosa como la contraria. Quique, mientras tanto, sujetaba el caballete con cara de circunstancias.

—Hola, papá.

—Buenos días, Clara y compañía —dijo Javier adelantándose para colaborar en el transporte de cachivaches.

Una vez que las maletas, el ordenador, los patines, el caballete, los cuadros y utensilios de pintura quedaron desperdigados por el que sería el nuevo cuarto de Clara, Quique encontró una excusa para desaparecer y ella quedó a solas frente a la mirada miope de su padre.

—Bueno, solo conozco la versión de tu madre; ahora me gustaría oír la tuya —dijo él en un tono bastante amistoso mientras se recostaba en el sofá.

–Supongo que no elegí el mejor año para dejar los estudios, pero lo único que me apetecía era pintar, no te puedo decir otra cosa.

–Desde luego, el curso previo a la universidad no parece el más adecuado, pero no tengo yo mucha autoridad para criticarte por eso; ya sabes lo mal que se lo tomó el abuelo cuando abandoné Derecho para dedicarme por completo a la música.

–A ver si va a ser genético y la culpa la tienes tú –dijo Clara.

–Es posible –dijo Javier riendo con ganas.

Clara se dejó contagiar al descubrir que llevaba muchos días sin reír. Pensó en lo poco que en realidad conocía a su padre. Su madre y él se habían separado cuando ella tenía cinco años y desde entonces, por culpa de sus eternos viajes, apenas había pasado con él un par de navidades y algunas semanas sueltas en verano. De aquellos momentos recordaba que solían comer muy tarde y casi siempre platos precocinados, pero sobre ninguna otra cosa le venía a la memoria el zumbido incansable de las cuerdas del contrabajo resonando a cualquier hora. A Natalia, su hermana pequeña, aquel sonido la atemorizaba y, si se oía por la noche, saltaba a su cama para cubrirse la cabeza con la sábana.

Sin pensarlo demasiado, decidió aprovechar la ocasión.

–Quizá no viene muy a cuento, pero siempre me he preguntado por qué mamá y tú os divorciasteis. Aunque sois tan distintos que lo sorprendente de verdad es que llegarais a casaros.

Javier miró a su hija por encima de las gafas y se rascó la barbilla antes de responder.

—Si mantener una convivencia ya es difícil, resulta imposible con alguien a quien apenas ves. Yo pasaba tanto tiempo fuera de casa que llegamos a convertirnos en dos desconocidos, y con buen criterio tu madre decidió que para estar sola mejor estarlo del todo... Pero de eso hace ya demasiado tiempo. Hablemos de algo interesante, por ejemplo tu pintura, ya que has dejado de estudiar para dedicarte a ella.

Clara bajó la cabeza como si buscara las palabras en la alfombra.

—Tengo un problema con eso —dijo al fin.

—¿Qué problema?

—Cuando copio una imagen el resultado es magnífico, pero cuando intento crear yo misma nunca consigo plasmar lo que quiero y eso me desespera —respondió Clara, asombrada de la facilidad con la que había podido sacar de dentro aquella inquietud que le quitaba el sueño. Con su madre nunca podía hablar de eso.

—Eres demasiado joven para usar la palabra *desesperación*. Además, es posible que también se trate de un problema genético, porque, ahora que lo mencionas, yo no he compuesto todavía ninguna ópera —dijo Javier como si cayese en la cuenta en ese preciso instante.

—Eres muy gracioso, papá.

—Lo sé. Anda, enséñame alguno de esos cuadros que has traído.

Contemplando aquellos lienzos, Javier descubrió que su hija tenía razón en una cosa. Era una copista excelente. Las reproducciones de Tiziano, Rembrandt, Velázquez o el mismo Goya tenían tanta fuerza como el original.

—¿Qué me dices? —preguntó Clara arqueando una ceja.

—Son estupendos —diagnosticó Javier con absoluta convicción.

—Ya. Imagino que con un talento así al menos podré ganarme la vida como falsificadora.

—Un talento siempre es un talento, y de todos se puede sacar provecho si se sabe cómo.

En ese instante sonó el teléfono, pero Javier siguió de pie en la habitación con una copia de Rembrandt en la mano.

—Papá, están llamando.

—Sí, voy... Además, creo que aquí tienes tarea organizando todo esto.

—Eso me temo.

En contra de lo que esperaba, Clara se sentía bien. La conversación con su padre le había dejado una gran serenidad. Tanta, que en lugar de ordenar sus cosas se dejó caer sobre la cama con la mirada perdida en el techo. El contrabajo no tardó en poner banda sonora a los inciertos rumbos de su imaginación.

Al amparo de la noche, Manfredi y sus asesores me echaron una capa sobre los hombros, me pusieron en la cabeza el sombrero de uno de ellos y con mucha precaución para no ser vistos me condujeron hasta la calleja situada detrás de mi casa, donde aguardaba un carruaje con el cochero en el pescante.

En cuanto los cuatro estuvimos dentro se oyó el restallido de un látigo y los caballos se pusieron en marcha. Durante un largo rato ni el duque ni sus hombres dijeron una palabra. Por mi parte, apenas me atrevía a respirar, cuanto menos a abrir la boca. En aquel silencio, me entretuve preguntándome las razones de tanto misterio por incorporar al séquito real a un tipo tan insignificante como yo, y no encontré respuesta alguna que me tranquilizase.

Por el tiempo transcurrido, calculé que estaríamos llegando a Viñarol cuando el noble tuvo a bien recordar que yo existía.

—Dime una cosa, muchacho, ¿sabes leer?

—No, señor —respondí, dándome cuenta de lo poco que me gustaba que se dirigiese a mí de ese modo.

—Bien —dijo él.

—Pero sé números, señor —añadí para no parecer el imbécil que desde luego era–. Conozco las cuatro reglas y la tabla de multiplicar.

—Algo es algo, ¿no os parece? —preguntó a sus hombres, y estos rieron de buen grado.

Sin duda debió ser en Viñarol donde el duque dio orden al cochero de que detuviese el carruaje y buscase una fonda donde conseguirme algo para cenar.

—No hace falta que se moleste, señor, no tengo hambre.

—Tu madre ha dicho que no has cenado y tengo que tenerlo en cuenta, ¿sabes por qué?

—No, señor.

—Porque a partir de ahora tu madre soy yo.

Mentiría como un bellaco si dijese que aquellas palabras me produjeron algún alivio.

El viaje duró cinco días, durante los cuales no llegué a tener trato con nadie más. El desayuno y la comida me eran servidos en el carruaje, siempre en compañía de uno de los dos asesores, que se turnaban en el oficio de no dejarme solo. Otro tanto ocurría por las noches. No bien llegábamos a una hospedería, el duque y el cochero se adelantaban y unos minutos más tarde yo era conducido dentro por una puerta trasera; de no haberla, debía aguardar a que el hostal quedase vacío de clientes y, ya fuese acompañado por Tomás o por Santiago, cenaba antes de acostarme para repetir el día siguiente idéntica jornada. Aunque los dos asesores desempeñaban con el mismo celo su cometido de atenderme, o acaso de vigilarme (ni siquiera hoy me atrevería a asegurarlo con certeza), la compañía de Tomás me resultaba más grata que la del reconcentrado Santiago.

El lector se había preparado un café, que sorbía con mucho cuidado de que la taza no entrase nunca en contacto con aquellas antiguas y delicadas páginas. Un sonido de motor poniéndose en marcha lo sobresaltó, y sin desprenderse del manuscrito fue a ojear el exterior. Se trataba de una furgoneta de reparto, así que expulsó despacio el aire acumulado y sacudió la cabeza antes de volver a sumergirse en las memorias de Ignacio Feronte.

A pesar de que por sus maneras elegantes podía causar otra impresión, Tomás tenía pocos años más que yo, y, a diferencia del que luego supe era su hermano, no mostraba inconveniente alguno en darme conversación. Cuando quedábamos a solas me preguntaba si había descansado o si las comidas eran de mi gusto, pero sobre todo hablaba con entusiasmo de la vida en la corte y de las grandes esperanzas que con el nuevo rey llegaban al imperio. Otra de las dudas que albergo es si lo hacía por convicción o para infundirme ánimos durante aquel viaje. Como fuese, yo escuchaba sus discursos sobre política con la sensación de entender la mitad de lo que decía.

—El monarca anterior era un pelele en manos de su madre —me confesó—. Ahora van a cambiar muchas cosas, aunque todavía quedan algunas cuestiones pendientes de resolver.

—¿Ah, sí? —preguntaba yo.

—Algunas provincias del norte han vivido muy bien, consiguiendo grandes beneficios del gobierno y ofreciendo muy poco, me refiero a impuestos y hombres para mantener el ejército. De momento se resisten a aceptar a Félix como rey, pues temen que con él en el trono eso se acabe.

—¿Y será así? —intervenía yo fingiendo interés.

—Probablemente, amigo Ignacio, probablemente —respondió de manera enigmática.

Solo cuando yo trataba de averiguar qué se esperaba de mí en aquellos asuntos de los que nada entendía, Tomás se volvía discreto y pensaba cada palabra antes de decirla.

—Me consta que el duque tiene planes importantes para ti, pero para llevarlos a cabo como se espera necesitas una gran preparación —me confesó la última noche, cuando volví a insistir en la que era mi principal inquietud.

—Pero... ¿Por qué yo?

—Por tu cara bonita —replicó y comenzó a reírse como si hubiese dicho la frase más graciosa del mundo.

He de admitir que alguna madrugada, aprovechando el sueño de mi compañero de habitación, sentí la tentación de fugarme. Si no lo hice fue porque sabía que, de volver a casa, bien poco iba a ser el tiempo que les llevara encontrarme, y no tenía ningún otro lugar al que ir.

La llegada a palacio en nada tuvo que envidiar a la de cualquier posada del camino. Cubierto mi cuerpo por una capa y mi cabeza con un sombrero, Tomás y Santiago me guiaron a través de las caballerizas hasta la que durante muchos años habría de ser mi alcoba.

–Esperamos que sea de tu agrado –dijo Santiago abriendo la puerta de una habitación casi tan grande como el taller de padre.

Recuerdo que recorrí con la mirada la chimenea cargada de troncos, una cama pensada para una familia entera, una mesa de trabajo junto a una jofaina con agua y dos arcones pegados a la pared. Un ventanuco alto la iluminaba generosamente y, si bien no recuerdo mi cara, sin esfuerzo puedo imaginar mi gesto de pasmarote asombrado mientras preguntaba:

–¿Esto... es para mí?

–Por supuesto, muchacho –respondió Tomás, y advertí que en sus labios la palabra no sonaba ofensiva–. En los arcones encontrarás ropa limpia y calzado para que te encuentres más cómodo.

–Yo... no sé qué decir.

–Pues algo tendrás que pensar, porque en breve vendrán a preguntarte qué te apetece para la cena –dijo él–. Que pases buena noche. Mañana será otro día.

Salieron ambos y me dejaron a solas, y dediqué aquel tiempo a investigar el contenido de los arcones, en los que hallé un amplio surtido de camisas, jubones, babuchas, calzones e incluso un zurrón de cuero con jabón y agua de colonia. Más por salir de mi asombro que por necesidad, pues me había aseado en cada fonda como veía hacer a los hombres ilustres, lavé mi cara y mi cuello en la jofaina con agua abundante. En aquella refrescante empresa me encontraba cuando llamaron a la puerta.

—Adelante —dije, después de pensar con calma qué debía decirse en tal circunstancia.

Un lacayo penetró en la habitación un par de pasos y se dirigió a mí doblando el cuerpo en una reverencia que yo le devolví con mucha educación, mostrando de este modo un absoluto desconocimiento del protocolo en palacio. Nada sorprendente teniendo en cuenta que por entonces yo ignoraba hasta el significado de aquella palabra. Como fuese, aquel anciano de nariz aguileña no alteró su gesto.

—¿Qué desea para la cena, señor? —preguntó, tal y como se me había informado.

—Pato asado con higos —respondí, pues desde que había probado aquel manjar en una de las posadas no podía quitarme su sabor de la cabeza.

—Muy bien, señor —dijo y abandonó la alcoba no sin dedicarme una nueva reverencia.

Era la primera vez en mi vida que alguien se inclinaba ante mí o me llamaba señor. Dos veces. Venido a más por aquel tratamiento como el estúpido jovenzuelo que era, elegí de los arcones las prendas más vistosas y empecé a recorrer la estancia de un lado a otro imitando los sofisticados gestos que durante los últimos días había observado en mis acompañantes. Creo que incluso me atreví a dar un discurso político carente de todo sentido empleando las palabras más grandilocuentes que acerté a encontrar.

Nada dijo el sirviente cuando a su regreso me encontró vestido con semejante atuendo. Haciendo gala de la misma discreción mostrada momentos antes, depositó la cazuela de pato en la mesa y se retiró con una nueva reverencia que en esta ocasión no le devolví, como si las prendas que llevaba me concediesen ese privilegio.

Después de cenar, y aburrido ya de comportarme como un aristócrata, traté de salir de la habitación. Había acumulado un buen puñado de excusas para justificar mi presencia dependiendo de con quién me cruzase; sin embargo, encontré la puerta cerrada por fuera. Cierto es que entonces aún era joven y analfabeto, pero del todo imbécil nunca me consideré, y por eso entendí el ventanal alto, los barrotes exteriores y que en los arcones no hubiese ni una casaca ni un mocasín, sino tan solo prendas de interior.

–¿Esto le parece normal, señor? –me pregunté para burlarme de mis ínfulas anteriores.

Con más preocupaciones que sueño, me tendí en aquella cama colosal y contemplé el techo con la mente ocupada en mil temores hasta que me quedé dormido.

Tiempo de instrucción

Durante la primera semana que pasó con Javier, la vida de Clara no cambió demasiado por fuera. Tomaba el metro casi todos los días para encontrarse con los amigos del barrio que no se habían marchado de vacaciones y un par de veces quedó con su hermana. A los ojos de Natalia se había convertido en una de esas heroínas rebeldes que protagonizaban sus novelas favoritas y, tal vez porque la pequeña seguía asociando a su padre con el sonido del contrabajo, le costaba creer que Clara estuviese tan tranquila viviendo con él.

–Ha dicho que tiene ganas de verte. Podías venir algún día.

–Sí, bueno, algún día... –dijo Natalia sin mucha convicción.

–¿Con mamá qué tal?

–Más o menos como siempre, solo que... nunca habla de ti –añadió apartando la mirada–, y cuando yo saco el tema enseguida cambia de conversación.

—¿Sabe que nos vemos?

—Se lo he dicho y me respondió que cuando le den las vacaciones tiene pensado que nos vayamos a la playa.

—Genial.

No solo su hermana, también en la pandilla empezaron a tratarla con admiración. Estaba claro que ser expulsada de casa proporcionaba en aquel ambiente un notable prestigio. Quique era tal vez el único que no había modificado su actitud hacia ella, y por eso su compañía le resultaba tan agradable. Cada día más. Y no sabía si debía empezar a preocuparse por esa sensación de vacío que la estrujaba por dentro cuando él no estaba cerca.

Además de aquel desconocido sentimiento en el que prefería no pensar demasiado, algunas otras cosas estaban cambiando también dentro de Clara. Era una transformación lenta que había comenzado la mañana siguiente de su llegada, a partir de una conversación que tuvo con su padre en la cocina mientras preparaban juntos el desayuno. Sin que hubiese razones aparentes para ello, Javier le confesó de pronto que tenía una teoría propia sobre los grandes problemas de la humanidad.

—Son exactamente dos —continuó mientras le mostraba otros tantos dedos extendidos—. La falta de comunicación y la falta de respeto, y la segunda viene siempre como consecuencia de la primera.

—Ya... —dijo Clara, que no adivinaba a dónde quería llegar su padre con aquel discurso.

—Lo que quiero decirte con todo esto —prosiguió Javier como si le hubiese leído el pensamiento— es que no voy a ponerte normas mientras vivas conmigo... Y no voy a hacerlo

35

por dos razones. La primera es que nunca lo he hecho y me parece un tanto hipócrita por mi parte empezar ahora, ¿estamos de acuerdo?

—Supongo que sí —dijo Clara, que escuchaba a su padre con tanta atención como desconcierto—. ¿Y la segunda?

—Que acabas de cumplir dieciocho años y las personas maduran de verdad cuando las normas se las imponen ellas y no otros —respondió Javier mientras encendía la tostadora.

—Te has levantado filosófico —trató de bromear Clara, pero en esta ocasión su padre no cambió el gesto severo.

—Es que he pasado la noche pensando en ello y quería decírtelo, ya sabes, si vamos a vivir juntos hace falta comunicación —explicó alzando un dedo—. A cambio, ¿qué pido? —preguntó alzando el otro—. Respeto.

—Papá... —protestó Clara.

—Me explico. Respeto primero hacia ti misma, porque al darte tus propias reglas debes hacerte responsable de las decisiones que tomes, y en segundo lugar hacia mí, porque la única regla que te impongo es que no me mientas nunca. Naturalmente, eso no quiere decir que tengas que contármelo todo...

—Papá, lo he entendido.

—Perfecto, entonces. ¿La mermelada te gusta más de albaricoque o de fresa?

Para quien ha vivido siempre rebelándose contra las normas, vivir sin normas supone un serio problema. Al menos así lo sintió Clara al descubrir que era mil veces preferible discutir con su madre la hora de regreso a casa o el orden de su habitación que decidirlo por sí misma sin que nadie le llevase la contraria. Sin duda a eso debía referirse su padre cuando hablaba de hacerse responsable, y la verdad es que sonaba más agradable de lo que en realidad era.

Por la terraza del salón entraba cada mañana una luz prodigiosa y Clara, después de distribuir sobre la mesa los libros y apuntes de las asignaturas suspensas, salía a pintar en pijama sin haberlos mirado. Cuando Javier se marchó a la primera de sus giras quiso aprovechar la soledad para poner sobre el lienzo todas sus nuevas sensaciones; sin embargo, el resultado fue tan desalentador como de costumbre, así que decidió copiar *Los tres músicos* de Picasso para regalárselo a su padre. Se empleó en la tarea con una dedicación tan intensa que solo una tarde, y porque fue Quique quien llamaba, abandonó la casa por unas horas.

A Javier le encantó el cuadro. Lo que Clara no esperaba es que también él se presentase con regalos. Un caballete profesional y una caja de la marca Winsor & Newton con tres pisos repletos de óleos de todos los colores.

—Pero esto cuesta muchísimo dinero —protestó Clara sin apartar los ojos de aquella maravilla.

—Eso sí que no tiene precio —repuso él señalando su cuadro—. En fin, tómalo por todos los cumpleaños en los que no te he regalado nada... Además, te confieso que no es solo un regalo.

—¿Ah, no?

—Verás, le hablé de ti a un compañero de la orquesta y me dijo que la Academia de la Historia está preparando una exposición documental sobre la dinastía Bondoror para conmemorar sus trescientos años de reinado. Por lo visto no pueden llevar los retratos originales por cuestiones de seguridad, así que están buscando copistas para colgar réplicas.

—Pero, papá, tú has perdido la cabeza. ¿Crees que para un asunto tan importante van a elegir a alguien como yo?

—Quizá fuera una ayuda que el día de la prueba suavizaras un poco ese aspecto medio siniestro que te gastas, pero no veo mayor problema. En todo caso, nunca lo sabrás si no lo intentas.

No muy convencida, Clara siguió añadiendo inconvenientes hasta que su padre le dijo cuánto cobraría en caso de resultar elegida.

—¿En serio? —preguntó, sus ojos negros e incrédulos abiertos como túneles.

—Con eso te podrías pagar los estudios de Bellas Artes e incluso ir a la universidad en coche. Por no hablar de lo que podrías decirle luego a tu madre.

Ese último argumento resultó definitivo.

Cansado estoy de decir a esos botarates que no me importunen a estas horas de la noche, cuando encuentro la paz necesaria para escribir estas memorias, pues si ya es difícil a mis años recuperar todos esos recuerdos, resulta casi imposible cuando no cesan de incomodar con asuntos que para mí carecen ya de toda importancia. Disculpe el lector esta digresión, de la que dejo constancia por si encontrase en el relato de mi vida algún sinsentido aparente. Confiando en su benevolencia, prosigo.

El lector experimentó un leve estremecimiento, como si aquellas palabras fuesen dirigidas precisamente a él.

El mismo lacayo que me había servido la cena regresó cuando el primer sol de la mañana asomaba por el ventanuco de la habitación. Del mismo modo que había hecho la noche anterior, golpeó con suavidad la puerta y aguardó mi permiso para abrirla y entrar.

Sin indicaciones que seguir y ninguna ocupación a la que dedicarme, yo aún seguía perdido en algún lugar de aquellas sábanas, entre las que al fin logré hallar resquicio por donde sacar la cabeza, justo a tiempo de ver cómo el sirviente depositaba una fuente de comida sobre la mesa.

—Buenos días —dije, creo que para compensar mi despreciable altanería durante nuestro último encuentro.

—Buen día, señor. ¿Ha pasado una noche agradable?

—Imagino que debo responder que sí, ¿no es cierto?

—Disculpe, ¿cómo dice el señor?

—El caso es que tengo por costumbre dar un paseo al aire libre antes de dormir —le expliqué, pero como él parpadeaba con gesto de no entender nada decidí cambiar de estrategia—. ¿Puedo saber tu nombre?

—Isidro, señor —respondió iniciando otro amago de reverencia mientras yo salía de la cama y empezaba a vestirme.

—Isidro, ¿tú sabes por qué estoy encerrado?

—No tengo la menor idea, señor. Tan solo sé que el señor Tomás me ha encargado que le comunique que en breve vendrá a hacerle una visita... Con su permiso —añadió y, reverencia incluida, salió de la habitación caminando hacia atrás.

Visto que tampoco por aquella parte iba a encontrar respuesta a mis inquietudes, decidí dar buena cuenta de la fruta y el queso que habían dejado a mi disposición. No bien mastiqué el primer bocado, el recuerdo de los míos me alcanzó con tal fuerza que dudo que persona alguna haya probado nunca una manzana con tanto sabor a nostalgia.

Tal y como Isidro me había indicado, Tomás apareció poco después. Ni siquiera necesité adivinarlo, porque el sonido de la llave al abrir la cerradura empezaba a resultarme ya bastante familiar. Calzaba botas altas y traía una fusta en su mano derecha, por lo que no era difícil deducir dónde había estado.

—¿Cómo va la vida, muchacho? ¿Has cenado, dormido y desayunado a tu gusto? —preguntó con una sonrisa que parecía cruzar su cara entera.

A punto estuve en ese instante de pedirle cuentas por aquel encierro del que nada se me había dicho, pero al fin me contuve. Sospechaba que de bien poco iban a servir mis protestas y corría el riesgo de indisponerme con quien hasta entonces resultaba ser mi más firme apoyo.

—Todo perfecto, señor —dije.

—Me alegro mucho, porque hoy comienza tu instrucción.

—Instrucción... —repetí, meneando la cabeza arriba y abajo como un idiota.

—¿Sabes montar a caballo?

—No, señor.

—¿Manejar una espada?

—No, señor.

—¿Hablas alguna otra lengua?

—No, señor.

—¿Sabrías cómo comportarte en una audiencia real?

—Creo que no, señor.

—Entonces me parece que no tenemos tiempo que perder.

La instrucción se prolongó más de un año, durante el cual tuve la sensación de vivir el mismo día eternamente repetido. Cada mañana al rayar el alba Tomás se presentaba en mi alcoba y desde allí nos dirigíamos a las caballerizas. Lo primero que allí aprendí fue a tomar contacto con el animal para conocerlo y dejarme conocer por él, a montar siempre por el costado izquierdo, a colocar los dedos entre las riendas y los pies en los estribos de la manera adecuada para no ser arrastrado en caso de caer. Cuando Tomás consideró que ya era capaz de mantenerme derecho sobre la montura, salimos al patio de armas y allí empecé a cabalgar al paso y más tarde al trote. Por fin una mañana abandonamos aquellos muros y conocí la experiencia de galopar. Ya fuese porque no había perdido mi condición de prisionero o porque jamás el viento había golpeado mi cara con un ímpetu semejante, llegué a sentirme por un instante el hombre más dichoso del mundo.

Después de ejercitarnos con los caballos almorzábamos solos en un pequeño salón donde Isidro nos servía abundantes provisiones de pan recién hecho, embutidos de toda clase y fruta fresca. En ese momento relajado Tomás parecía sentirse cómodo en mi compañía y no dejaba pasar ocasión para ponerme al tanto sobre las novedades en el gobierno del imperio. Así supe, por ejemplo, que a pesar de la dura resistencia de las provincias del norte, las tropas imperiales ya habían ganado importantes posiciones; o bien que una flota cargada con metales preciosos había sido atacada por corsarios ingleses. Yo mostraba un interés que estaba muy lejos de sentir, pero no encontré mejor modo de recompensar el tiempo y el esfuerzo que Tomás ponía en mí cada día. «Genial, ¿no?», o «¡Vaya desastre!» solían ser mis comentarios más comunes dependiendo del carácter de la noticia.

El tiempo anterior a la comida estaba dedicado a enseñarme el manejo de la espada, actividad para la que, justo es decirlo, demostré muchas menos dotes naturales que para la equitación. Aun así, Tomás era un maestro paciente y nunca mostraba enfado al repetirme cómo debía mover mi cuerpo, replegar el brazo o colocar los pies.

Las tardes en cambio estaban bien lejos de esa alegría. Acaso la razón es que yo tuviese para las lenguas, la geografía o la oratoria aún menos talento que para la esgrima, pero estoy convencido de que mucho tuvo que ver en mi lento progreso el hecho de que el maestro en tales materias no fuese Tomás, sino su hermano Santiago.

Resultaba ser este mucho menos tolerante con los errores y mucho más exigente con los plazos, por lo que casi todas las noches después de la cena (que, justo es decirlo, seguía eligiendo a voluntad) me veía obligado a encender la lámpara de aceite y dejarme la vista memorizando formas verbales, traduciendo textos escritos por algún romano o aprendiendo el tratamiento que debía dispensarse a un ministro, un embajador, un general o al mismísimo papa de Roma.

–¿Has estudiado? –me preguntaba de manera invariable cuando empezaba la clase.

–Sí, señor.

–Me alegra oír eso, y por tu bien mejor será que no me mientas nunca –me advirtió en cierta ocasión con una sonrisa que no ocultaba el tono de amenaza–. Eso es también una parte, y no menos fundamental, de tu formación. Recuerda siempre que las mentiras por estrategia tienen valor, pero por cobardía son detestables.

—Entiendo, señor.

Si algo tenían en común los hermanos Sigüenza de Soto es que en ningún momento se molestaron en explicarme el objetivo de aquel aprendizaje. Por supuesto, sospechaban que, de saberlo, habría escapado cualquier mañana hasta donde Sombra, mi caballo preferido, hubiese querido llevarme.

Como si hubiesen estado aguardando a que terminase aquel capítulo, el teléfono comenzó a sonar en ese preciso instante, pero no su móvil, sino el de la habitación. El lector supuso que pretendían comprobar que no les había mentido al darles la dirección. Descolgó y hasta tres veces preguntó quién estaba al otro lado, pero, si había alguien, no se tomó la molestia de responder.

Su majestad Félix I

Clara investigó en la página de la Academia de la Historia sobre la exposición que su padre le había mencionado. Se trataba de una muestra de documentos oficiales de todo tipo emitidos durante los trescientos años de reinado de la casa de Bondoror, desde Félix I hasta la actualidad, y en efecto se convocaba un concurso de pintores copistas. La única condición para presentarse era ser mayor de edad, y la cantidad que se ofrecía al elegido era aún más escandalosa de lo que su padre le había dicho, de modo que, sin pensarlo dos veces, completó la instancia de inscripción añadiendo, tal como le exigían, fotografías de alguno de sus cuadros.

No comentó aquel asunto con su hermana ni con sus amigos, a los que seguía viendo de vez en cuando; ni siquiera con su padre, tal vez porque había empezado a estar menos tiempo en casa que en las giras. Al principio tantas horas de soledad le resultaban desconcertantes, hasta el punto de que casi, solo casi, llegó a entender a su madre; sin embargo, con el paso de los días terminó por sentirse cómoda preparando la comida, limpiando la casa, pintando o incluso repasando las asignaturas pendientes sin que nadie le dijese cuándo y cómo debía hacerlo.

Un día se le ocurrió invitar a comer a Quique. A excepción quizá de la pintura, nunca en su vida había puesto tanto empeño en nada como en cocinar aquel revuelto de setas y mero en salsa verde con recetas sacadas de internet. Para su alegría, Quique declaró que era uno de los platos más exquisitos que había probado y, sin atreverse a reconocerlo, Clara intuyó que su felicidad habría sido completa si al decirlo hubiese depositado una mano sobre la suya, pero por desgracia la osadía no era una de las virtudes de aquel aplicado estudiante de arquitectura, que se limitó a dedicarle una sonrisa tímida con adornos de perejil.

Por la tarde fueron al cine, y después, para agradecer la invitación de Clara, Quique insistió en llevarla a una heladería italiana. Allí estaban, clavando las cucharillas en sus tarrinas cuando en el móvil de ella saltó un mensaje. Por su cara al leerlo, Quique supuso que se trataba de algo importante, aunque para no resultar indiscreto mantuvo un respetuoso silencio.

–¡Me han seleccionado para pasar la prueba! –exclamó ella al fin con gesto alucinado, mientras se señalaba con la cucharilla manchada de turrón.

–¿Qué prueba?

Con mucha más emoción que claridad, le puso al día sobre la exposición en la Academia de la Historia, el concurso para pintores copistas y, por último, bajando la mirada, le habló de la cantidad que ganaría en caso de ser elegida.

−¿Treinta y cinco mil euros? –repitió él–. ¡Madre mía! ¿Y a cuántos eligen?

−Creo que solo a uno –respondió Clara torciendo el gesto.

−Piensa que tienes las mismas opciones que cualquier otro. ¿Dónde tienes que presentarte?

−En el Museo Nacional, pasado mañana a las diez.

−Si quieres puedo llevarte.

−La verdad es que me vendría muy bien porque tengo que ir con todos mis bártulos de pintar, pero me da vergüenza pedirte más favores.

−No seas boba. Estamos en verano y no tengo nada que hacer. Además, es una excusa perfecta para salir de casa y conducir un rato.

−Pues... gracias de nuevo.

−De nada, pero si ganas me invitas a una cena –dijo él guiñando un ojo.

−¿Te suena bien París o prefieres en Londres? –aceptó Clara con su sonrisa más seductora.

Aunque la despedida no fue más allá de dos besos en la mejilla, Clara volvió a casa feliz al suponer que se habían prolongado algo más de lo habitual. Javier acababa de llegar hacía unos instantes, lo supo porque aún estaba guardando el contrabajo en el armario de la entrada, donde nunca permitía que lo acompañase ningún otro objeto, ni siquiera una miserable bufanda. Cuando era pequeña tenía la impresión de que aquel instrumento era un hijo más de su padre, y llegó a sentir celos porque siempre lo trataba como si fuese el favorito.

−¿Qué tal va todo por aquí? –preguntó Javier después de acostar con mimo a su criatura.

–Bien... Hoy he invitado a comer a un amigo, espero que no te moleste –añadió ella para respetar el compromiso adquirido.

–¿El que te trajo el otro día?

–Sí, se llama Quique. Bueno, Enrique.

–Me pareció muy educado. Algo paradito, pero buen tipo.

–Lo es. ¡Ah!, y otra cosa.

–Tú dirás.

–Me han seleccionado para la prueba de pintor copista.

Aunque hubiese preferido otro, Clara no terminó aquel día sin un fuerte beso que llevarse a la almohada. Tras conocer la noticia, Javier se sirvió una cerveza, se sentó en el sillón y le pidió que le contara todo aquel asunto sin omitir detalle.

–Lástima que no pueda acompañarte –dijo una vez que ella terminó–. Mañana salgo de nuevo, pero mantenme informado. ¿Lo harás?

–Claro, papá.

El día anterior a la prueba resultó insoportable para Clara. Estuvo vagando por la casa como un espectro en pijama incapaz de concentrarse en nada, y cuando intentó pintar para familiarizarse con los óleos nuevos fue aún peor. El pulso le temblaba de tal forma que el pincel se le cayó de las manos, al recogerlo golpeó el caballete con la nuca y el lienzo, todavía en blanco, fue a estrellarse contra el tirador de la ventana, rajándose de arriba abajo. La maldición que salió por su boca debió de ser sonada, porque la cabeza de una vecina asomó por el balcón más próximo para preguntarle si se encontraba bien.

–Perfectamente, gracias –mintió.

Ni un largo baño, ni revisar las novedades en las redes o actualizar su blog de pintora para presumir un poco de haber sido seleccionada, ni siquiera la conversación con Quique, lograron apartar los nervios de su mente. Cuando al fin se metió en la cama le pareció que nunca había estado tan cansada.

Quique se presentó puntual a la hora convenida y en ningún momento del trayecto dejó de infundirle ánimos mientras ella, con gesto ausente, contemplaba la ciudad al otro lado de la ventanilla, más ocupada en dominar el ritmo de sus pulsaciones.

—Me temo que eso irá para largo y en esta zona es imposible aparcar, así que mejor me voy a casa —dijo él cuando descargaron los aparejos de pintura junto a la puerta del museo—. Cuando termines me avisas y vengo a buscarte, ¿de acuerdo?

—Muy bien.

—Suerte.

Luciendo una sonrisa tan grande como su cara, cruzó la puerta del museo con el caballete a cuestas y la perdió de golpe al descubrir la inmensa cantidad de aspirantes que, como ella, aguardaban en la sala donde fue conducida. Y no dejaban de entrar más.

Convertido ya en un excelente jinete, un aceptable espadachín y un experto en diplomacia, los hermanos Sigüenza de Soto se presentaron en mi habitación una mañana. Corrijo. No era una mañana cualquiera, sino exactamente el día de Navidad de 1702. Hay fechas que no podría olvidar aunque viviese quinientos años, los mismos que aseguraba tener aquel maldito conde de Saint Germain con quien una vez tuve la desgracia de entrevistarme. Pero volvamos mejor al momento que nos ocupa antes de que la vejez me haga perder de manera definitiva el rumbo de mis pensamientos.

El lector anotó en una hoja aquella fecha junto a la del nacimiento de Ignacio Feronte para que ningún cabo quedase suelto.

Aparecieron, como digo, esa mañana los dos juntos y, ya fuese porque se trataba de un acontecimiento muy poco frecuente o por el gesto solemne que ambos lucían en el semblante, intuí que algo decisivo estaba a punto de suceder.

—¿Cómo va esa vida, muchacho?

—Más o menos como ayer, don Santiago.

Desde que comprendí que por algún motivo yo resultaba imprescindible para ellos, sin abandonar nunca el respeto debido había ido dejando a un lado la actitud servil de los primeros tiempos.

—Excelente, porque hemos venido a comunicarte algo de suma importancia.

—Creo que por sus caras ya lo había adivinado.

—No te haces ni una remota idea, amigo Ignacio —intervino Tomás, causándome una angustia atroz.

—Su majestad desea conocerte —explicó Santiago, poco amigo de adivinanzas.

—¿Cuándo? ¿Por qué?

Tomás se adelantó hacia mí y me invitó a sentarme en la silla del escritorio.

—La respuesta a la primera pregunta es bien sencilla: hoy mismo sin falta. En cuanto a la segunda... —añadió buscando en la mirada de su hermano ayuda para proseguir.

—Como bien sabes —continuó Santiago con tono ceremonioso—, el duque Giuliano Manfredi, que no se encuentra aquí por estar dirigiendo a nuestras tropas en las guerras del norte, se fijó en ti para desempeñar una labor capital en el imperio. Hasta ahora dicha labor debía mantenerse en el más estricto secreto, motivo por el cual no se te ha permitido abandonar este cuarto excepto en nuestra compañía y sin que nadie en palacio, salvo el leal Isidro, sepa de tu presencia aquí. Por otra parte, el cometido que te aguarda exigía cierta preparación para ser desempeñado con eficacia.

—El caso, amigo Ignacio —le relevó Tomás poniéndome una mano sobre el hombro— es que mi hermano y yo consideramos que las nociones básicas de tu aprendizaje han terminado, y así se lo hicimos saber al rey, que de inmediato mostró su interés por recibirte en audiencia privada.

—¿Una audiencia privada con el rey? ¿Yo?

Si en aquel momento no me desvanecí sobre el frío suelo de la alcoba fue solo porque la mano de Tomás me lo impidió.

—Nosotros estaremos a tu lado —dijo con el vano propósito de tranquilizarme.

—Creo haberte enseñado todo lo que debe saberse sobre protocolo —añadió Santiago—, pero tal vez se presente algún pequeño detalle capaz de provocarte cierto... desconcierto, de modo que para evitar errores has de tener presentes dos simples normas. ¿Las memorizarás?

—Eso espero.

—Así me gusta, muchacho. Primera, no muestres sorpresa alguna por nada de lo que veas. Segunda, no hables al rey salvo que él se dirija a ti. ¿Lo has entendido?

—Sí, señor.

—Bien, muchacho. En breve llegará Isidro con la ropa que debes vestir para la audiencia y poco antes del mediodía nosotros vendremos a buscarte.

Antes de cerrar la puerta y dejarme a solas con el hormiguero de temores que ya me recorría por dentro, Tomás giró la cabeza y me miró a los ojos.

—Hoy van a resolverse muchas de esas dudas que llevan meses robándote el sueño, amigo Ignacio.

Consumido por los nervios, se me ocurrió que acaso se tratara de una prueba, o quién sabe si de una broma. Nada les costaba hacer pasar por rey a alguien que no lo fuese, ya que lo único que de su majestad yo había visto era una peluca entre los cortinajes de su carroza; por otra parte, era justo admitir que, si bien los hermanos Sigüenza de Soto me ocultaban importantes verdades, no podía recordar de sus labios una sola mentira.

En esas inquietantes turbulencias navegaban mis pensamientos cuando entró el menudo Isidro cargando un montón de ropa que casi lo ocultaba por completo.

—Si no tiene inconveniente, la dejo sobre la cama, señor —dijo mientras lo hacía.

—Gracias, Isidro. ¿Puedo preguntarte cómo es su majestad Félix I?

Advertí que mis palabras habían sorprendido al lacayo, quien súbitamente se puso rígido, inclinó la cabeza hacia un lado y parpadeó un buen rato mirando al infinito.

—Un rey es un rey —dijo al fin con total seguridad, como si mi pregunta fuera estúpida o se tratara de una cuestión sobre la que él hubiese reflexionado muchas veces—. Solo Dios y la historia pueden juzgarlo. Le deseo que pase un feliz día de Navidad, señor —añadió, haciendo una de sus acostumbradas reverencias antes de cerrar la puerta.

Cuántas veces a lo largo de los años posteriores habría

de recordar aquellas sabias palabras que en ese momento me dejaron tan insatisfecho, mientras me vestía con unas prendas de piel curtida, seda y terciopelo que dejaban en simples harapos las que hasta entonces había usado. Cuando terminé me costó gran esfuerzo reconocerme en el espejo, y con aquel porte distinguido me entretuve ensayando los gestos y venias de protocolo que Santiago me había enseñado.

Recordé que un año atrás y en aquel mismo lugar hacía algo parecido sin otra razón que mi idiotez, y ahora estaba esperando para conocer al rey. Pensé en la cara de mis padres viéndome en aquella situación y, si no acabé llorando como el huérfano que en verdad era, se debió a que los hermanos Sigüenza de Soto abrieron la puerta de mi habitación y sonrieron con orgullo al encontrarme disfrazado con tanta elegancia.

—¡Deslumbrante! —exclamó Tomás.

—Esta casaca debe quedar ajustada a los hombros, muchacho, no vas a pasear por los jardines en otoño —protestó Santiago y se acercó a mí para colocarla a su gusto.

—¿Dispuesto?

—Si dijese que no, ¿cambiaría algo?

—Anda, vamos, no quiero oír más tonterías.

Avancé caminando entre uno y otro a través de pasillos y estancias que no conocía. Con nadie nos cruzamos en nuestro recorrido, y, a partir de un momento, mi preocupación más urgente ya no era causar una buena impresión al rey, sino evitar que, por causa de los nervios, las rodillas se negaran a sostenerme y fuese a dar con mis huesos en el suelo.

Dos guardias armados custodiaban la puerta hasta la que llegamos y su primera reacción fue darnos el alto, pero, al reconocer a mis acompañantes, se hicieron a un lado sin hacer preguntas. Observé que uno de ellos me contemplaba con estupor mientras Tomás tiraba de mí para hablarme al oído.

—Recuerda. Veas lo que veas no muestres sorpresa —me susurró.

Asentí tan ausente que no reparé en que una mano me empujaba dentro del salón del trono. Quizá porque venía de la penumbra del pasillo o por la intensa luz de docenas de lámparas que se reflejaban en los marcos dorados y los mármoles del suelo, quedé cegado por unos instantes. Cuando logré enfocar con nitidez perfiles y contornos, distinguí a Félix I sentado en un opulento sillón engalanado con gasas rojas y almohadones del mismo color. Se inclinaba hacia un costado para hablar con alguien a quien su cuerpo me impedía ver, aunque supuse que se trataría de Ana Teresa Amalia de Cerdeña, la reina, con quien según me informó Tomás había contraído matrimonio pocos días después de mi llegada a palacio.

—Majestad —intervino Santiago para llamar la atención sobre nuestra presencia.

Entonces el rey giró su cuerpo para enfrentarme la mirada y no sé cuál de los dos quedó más sorprendido al descubrirnos.

Éramos como dos malditas gotas de agua. Incluso la mueca de altivo desdén en la comisura de su real boca coincidía exactamente con la cicatriz que Antonio me había provocado con el punzón siendo niños. Concentrado en la orden de no mostrar sorpresa fui incapaz de mostrar emoción alguna porque el aire, la sangre y hasta los huesos parecían haber abandonado mi cuerpo. Al tiempo que entendía por qué me estaba sucediendo todo aquello, mi vida se revelaba de pronto un enigma indescifrable.

Más acostumbrado sin duda a tratar con imprevistos, el rey se repuso antes que yo del prodigio y con un gesto de indiferente altanería que jamás hubiera imaginado en nuestro rostro se volvió de nuevo hacia la reina.

—En verdad resulta impresionante, ¿no te parece, querida? —dijo con su acento extranjero.

—Camina —pidió ella, que parecía una niña, agitando su mano infantil.

Aturdido como estaba no supe interpretar que un mandato tan sencillo iba dirigido a mí.

—Camina —me repitió Tomás.

—Que camines, imbécil —ordenó Santiago dándome un discreto empujón.

Obedecí sin saber muy bien qué estaba haciendo porque el mundo había empezado a girar muy rápido y mi cabeza muy despacio. O tal vez era a la inversa.

Aprendiendo a ser otro

—Hemos seleccionado cuarenta y ocho candidatos porque en esta sala hay exactamente cuarenta y ocho cuadros. Se trata de la sala más grande del museo y esperamos que puedan realizar su copia con total comodidad; para ello tienen de plazo hasta las diez de la noche, es decir, doce horas... menos veinte minutos —dijo con una sonrisa muy profesional la azafata uniformada—. Como pueden comprobar, al lado de cada cuadro hay un número y en esta caja otros tantos papeles doblados. Deben elegir uno de ellos al azar para saber qué cuadro les ha tocado. Adelante. Cuando deseen comer o beber solo necesitan hacer una señal y serán atendidos, ¿alguna pregunta?... ¿No? Pues mucha suerte a todos.

Los nervios de Clara se diluyeron como escamas de hielo en una taza de té al descubrir que la fortuna había sido generosa con ella. Su número correspondía a un autorretrato de Rembrandt, uno de los pintores a los que más veces había copiado.

Divertida en un primer momento al comprobar la admiración que su reluciente maletín de óleos provocaba entre los rivales cercanos, se olvidó de ellos y del mundo para concentrarse solo en el cuadro. Ayudada por la música de Nightwish, Lacrimosa y Lacuna Coil sonando en sus auriculares, fue calculando dimensiones, trazando perfiles con el carboncillo, aplicando el primer color en las zonas de luz y sombra y los siguientes con mucho cuidado sobre la pintura aún fresca antes de afrontar los retoques. Por culpa de los nervios había olvidado el desayuno, pero tampoco se preocupó de pedir comida, si acaso una Coca-Cola de vez en cuando para eliminar la sequedad en la garganta.

Dos horas antes de que la prueba finalizase, Clara había terminado su copia. La experiencia le había enseñado que a partir de un punto cualquier detalle añadido a una pintura solo servía para estropearla, así que levantó la mano y la azafata se acercó hasta ella, pegó un código de barras detrás del lienzo y le entregó otro con la recomendación de que no lo perdiese.

—Lo intentaré, gracias —respondió Clara con una ironía que la azafata de profesionales sonrisas no captó.

Mientras abandonaba la sala comprobó que algunos pintores también habían dejado su puesto vacío, aunque la mayoría aún se afanaba en rematar su obra. No quiso detenerse a curiosear ninguna de ellas para evitar que la comparación le provocase un nuevo ataque de angustia y, cabizbaja y con el caballete a la espalda, salió del museo. Con el verano recién estrenado la noche no había caído, pero le pareció que era demasiado tarde para molestar otra vez a Quique, así que tomó el autobús y le llamó después de darse una larga ducha. Al principio se mostró algo molesto porque no hubiese contado con él, pero se le pasó pronto, en cuanto le contó cómo había ido la prueba y le prometió que se verían al día siguiente. Luego intentó hablar con su padre, pero no obtuvo respuesta. Solo entonces cayó en la cuenta de que llevaba muchas horas sin comer, y a pesar de ello la simple idea de cocinar le daba una pereza infinita, de modo que se conformó con mordisquear una manzana sin el menor interés y, antes de que su cabeza tocase la almohada, ya se había dormido.

Durante los días siguientes empezó a ser habitual que, en lugar de ver a los amigos, Clara y Quique quedasen a solas para ir al cine, a la piscina o a pasear. Una tarde, mientras patinaban, él tuvo que agarrarla por la cintura para evitar que cayese. Se miraron a los ojos sin decir nada durante un instante hasta que él empezó a reír.

—¿Se puede saber qué te pasa?

—No sé. De pronto me ha resultado muy gracioso que llamándote Clara vayas siempre vestida de negro.

No era la romántica declaración que ella había soñado, pero salieron de la pista cogidos de la mano y aquella noche hablaron por teléfono durante más de dos horas, en las que recordaron agradables momentos vividos juntos y planearon algunos otros por vivir. Hasta tal punto el mundo de Clara fue cambiando aristas por algodones que, cuando dos días más tarde le comunicaron por teléfono que había ganado el certamen de copistas para la Academia de la Historia, tardó un buen rato en comprender de qué le estaban hablando.

—Enhorabuena. La única novedad respecto a las bases establecidas en el concurso es que, como el tiempo nos apremia, hemos decidido contratar a dos pintores, de modo que no trabajará sola. Esto, sin embargo, no afecta a las condiciones económicas acordadas. ¿Puede pasar mañana por la Academia para firmar el contrato?

–Por supuesto.

–Estupendo, porque el trabajo debe comenzar cuanto antes. La espero en las oficinas mañana a las nueve; pregunte por Mónica.

–De acuerdo.

Llamó a Quique, llamó a su padre, llamó a su hermana con el encargo de que ni una palabra dijese a su madre, y si no salió al balcón para gritarlo a quien quisiera oírlo fue solo porque la emoción se le había incrustado en la garganta.

Firmó el contrato el día siguiente y, aprovechando que su padre estaba en casa, quiso celebrarlo preparando para la noche una cena especial a la que también invitó a Quique. Por la tarde, mientras cocinaba pechugas de pollo rellenas de champiñón, no podía dejar de preguntarse qué desagradable sorpresa le tendría preparado ese mismo destino que en menos de una semana le había regalado su primer novio y su primer trabajo.

Como esperaba, su padre y Quique congeniaron bien, aunque el sarcasmo de Javier alguna vez desconcertó al adolescente.

–Así que estudias arquitectura... ¿y eso por qué?

–Siempre me ha gustado diseñar, dibujar, aunque desde luego no pinto tan bien como Clara.

–Ni tú ni nadie, chavalote, demostrado está.

–Papá, no es lo mismo.

–Era una broma... Aunque, ya que estamos en confianza, dime, ¿os conocéis del instituto?

–Sí –se adelantó Clara–. Él es un año mayor que yo, pero coincidimos en el grupo de teatro.

–Yo no sé actuar, solo ayudaba con los decorados –se vio obligado a explicar Quique-. Clara sí actuaba muy bien.

–¿Y cuánto de... amigos sois? Lo pregunto solo por curiosidad, no vayáis a malinterpretarme.

–Buenos amigos, papá –sentenció Clara con un gesto que pretendía dar por zanjado el asunto.

–Entiendo. Oye, esto está muy bueno. Yo diría que tienes tanta mano para la cocina como para la pintura.

Terminados los postres, Javier anunció que por la mañana tenía que madrugar porque comenzaba una pequeña gira y eso le sirvió de excusa para despedirse. Quique y Clara todavía permanecieron un rato en la cocina hablando de sus amigos, haciendo planes para el verano, compartiendo sin ganas una última coca-cola para prolongar aquel delicioso momento. Cuando él se marchó por fin, Clara abrió con mucho cuidado el armario del recibidor y le sacó la lengua al contrabajo de su padre. Después se metió en la cama y no le fue fácil conciliar el sueño porque la satisfacción de haber ganado el concurso, los halagos de su padre y las miradas de Quique la hacían sentir aérea y poderosa como un ave de presa.

Su compañero de trabajo resultó ser un tipo escaso de pelo, sobrado de kilos y carente de conversación. Los habían citado en el museo porque allí se encontraban los originales que debían reproducir. A la hora convenida, un individuo que a Clara le resultó muy joven para el cargo les explicó que en total se trataba de cincuenta y dos originales correspondientes a los once monarcas de la dinastía Bondoror; les proporcionó un plano de las salas donde se encontraban los lienzos, cada uno de ellos marcado con una cruz; les informó de que cualquier material que necesitaran les sería abonado previa presentación de factura; les advirtió que él en persona supervisaría el proceso con derecho a solicitar la repetición si la obra no era de su agrado y, por último, les tendió una tarjeta con la indicación de que le comunicaran cualquier novedad. Después de aquel interminable discurso desapareció por el fondo de la sala con pasos de bailarín.

—Si te parece bien, mejor nos especializamos, ¿no crees? —propuso Clara a su acompañante cuando quedaron a solas.

—Bien.

—¿Prefieres los primeros reyes o los últimos?

—Los últimos.

—Por mí, perfecto.

Cuando los monarcas se cansaron de contemplarme de frente y perfil, de analizar mis orejas y mi dentadura con la atención que suele dedicarse a un caballo, Félix I alzó con desgana su brazo derecho. En ese instante los hermanos Sigüenza de Soto quedaron inmóviles y en silencio.

—Santiago, quédate un momento —dijo su majestad.

Más adaptado ya a la insólita situación que estaba viviendo, advertí que la voz del monarca era más aguda que la mía y, aunque parecía hablar el castellano sin dificultad, aún mantenía la entonación y el acento de su país.

Con el brazo sobre mis hombros, Tomás me acompañó de regreso a la habitación.

—Descansa un rato. O, si lo prefieres, sal a cabalgar. Entiendo que tienes cosas en las que pensar y eso conviene hacerlo a solas. En todo caso, hoy comeremos juntos. Es Navidad —me dijo en la puerta y, por vez primera, me abrazó. O quizá no lo hizo; ha pasado mucho tiempo y mi memoria es imprecisa. Lo que sí recuerdo es que yo deseaba aquel abrazo más que ninguna otra cosa en el mundo para no sentirme tan desamparado.

Aunque la idea de montar a caballo era tentadora, sentía mi cuerpo pesado como un fardo y me dejé caer sobre la cama con la mirada perdida en el ventanuco. Por fin entendía por qué, entre todos los habitantes de la aldea, Giuliano Manfredi se había fijado precisamente en mí, por qué aquellos dos hermanos habían empleado tantas horas en enseñarme esgrima, equitación, idiomas y protocolo. Yo no tenía otra virtud que mi extraordinario parecido con el rey y, sabiendo esto, la trascendental misión que me aguardaba era muy fácil de deducir.

Una vez más, mis presentimientos resultaron acertados. Isidro vino a buscarme con el encargo de que no me cambiase de ropa para comer y después de su reverencia me condujo hasta un pequeño salón para mí desconocido donde Tomás, al otro lado de una mesa surtida con tantos platos como en ella cabían, me aguardaba con una sonrisa y su copa de vino alzada en mi honor.

—Supongo que ya has averiguado qué es lo que te hace tan especial, ¿verdad, muchacho? —preguntó después de invitarme a tomar asiento a su lado.

—Supones bien.

—¿Y cómo te sientes?

—Algo confuso, la verdad —reconocí mientras contemplaba las espadas y tapices que adornaban la pared.

–Es normal. Si descubrir que tienes un doble ya debe ser sorprendente, saber que es el mismísimo rey ha de ser sin duda desconcertante.

–Así es.

–Pero no debes pensar solo en ti en estos momentos –continuó, desgarrando con las manos un muslo de pavo y animándome a imitarle, cosa que hice–. Para el imperio es una ventaja excepcional contar con alguien que pueda sustituir al rey si este se encuentra indispuesto o ausente.

En tanto dábamos cuenta de aquellos manjares a base de frutos secos, embutido y toda clase de asados, incluyendo desde luego pato con higos, Tomás me fue revelando lo que de mí se esperaba, y que, con bastante clarividencia, yo ya había sospechado.

–¿Qué es lo siguiente? –pregunté cuando Isidro sirvió los postres, resignado ya a aceptar lo que el destino tuviera dispuesto.

Tomás se recostó en su silla y me miró satisfecho.

–Entenderás que parecerse al rey no es suficiente. Debes moverte, actuar y hablar como él. Eso también requiere un tiempo de aprendizaje.

El día de Año Nuevo asistí a la primera audiencia real y a lo largo de los meses siguientes se alternaron los banquetes, los paseos por los jardines e incluso reuniones militares y consejos de Estado. Por supuesto lo hacía escondido entre los cortinajes o bien disfrazado como un consejero más, dependiendo de la circunstancia, y mi cometido principal consistía en observar a Félix I para empaparme de cada uno de sus gestos y de sus tonos. Tomás me había hecho jurar que nada de lo que viese u oyese saldría de mi boca, de lo contrario no solo yo, sino mi familia al completo, sería torturada y ejecutada sin compasión.

El lector sintió cómo un escalofrío recorría su espalda, partiendo de la nuca hasta perderse en el sofá. Copió aquella frase en su cuaderno de notas y consultó su móvil en busca de un mensaje que no había.

Conocí secretos de Estado, maniobras de espionaje, estrategias militares y desarrollé curiosas habilidades como bailar la pavana, la gallarda y el minué o pelar piezas de fruta sin utilizar los dedos. Todo esto lo hacía sin dejar en ningún momento de observar al rey y cada noche en mi cuarto ensayaba su forma de caminar sin mover los hombros, sus muecas de interés o aburrimiento, la disposición de sus pies en el trono, siempre uno sobre el talón del otro, el timbre de su voz con aquel leve acento extranjero. Tan familiares llegaron a serme los reales gestos que en ocasiones llegaba a olvidar los míos. Santiago y Tomás se mostraban muy satisfechos con mi progreso y de vez en cuando Tomás, nunca si su hermano estaba presente, me pedía que imitara a Félix I para reír a carcajadas.

Debo admitir que empezaba a sentirme cómodo en mi nuevo papel, y a esto ayudaba en gran manera que los hermanos Sigüenza de Soto me permitiesen ya entrar y salir de mi habitación cuando gustase, a condición de que lo hiciera disfrazado. No sé muy bien si aquel permiso llegó porque empezaban a confiar en mí o tan solo pretendían que aprendiese a moverme con soltura por el palacio. Para aquel disfraz inventaron al noble Guido de Bondoror, pariente lejano del rey, que había venido a pasar una larga temporada con su primo. Con barba postiza y un sonoro bastón de marfil, mi presencia por las diversas salas se fue convirtiendo en algo tan natural que los nobles me invitaban a sus haciendas y los criados me dispensaban toda clase de atenciones.

Para que el engaño fuese completo me buscaron un escudero, un mozalbete despierto y voluntarioso que respondía al nombre de Lucas y, en previsión de que llegase a descubrir lo que no convenía, era mudo y analfabeto. Eso no impedía al muchacho cuidarme con todo esmero, ya fuese ensillando mi caballo cuando salía a cabalgar, puliendo mis armas o vigilando que mis ropas estuviesen siempre en perfecto estado de pulcritud.

Tan solo una sombra nubló aquellos luminosos días, aunque no era una sombra cualquiera. Se trataba nada menos que de su majestad la reina. En más de una circunstancia había yo advertido que su actitud hacia mí no era, por decirlo de manera suave, del todo amable. Cuando se lo comenté a Tomás confirmó que en efecto mi presencia no resultaba del agrado de Ana Teresa Amalia por razones que no me tomé la molestia de investigar. En lugar de eso procuraba evitarla siempre que era posible, incluso aprendí a distinguir sus perfumes para tomar otro rumbo y no cruzarme en su camino.

A comienzos de la primavera llegó al fin mi bautismo de fuego. Félix I tuvo que partir hacia las provincias del norte, donde al parecer la victoria estaba próxima, y convenía su presencia para que la ocupación de la capital rebelde fuese ejemplar. Por suerte la reina había marchado con él y así yo podía cumplir con toda tranquilidad la misión que Santiago me explicó.

—Se trata de un gobernador de las provincias de ultramar llamado Germán Miravalle. Los impuestos que de allí vienen son cada vez más escasos y con toda seguridad tratará de buscar cualquier excusa para justificarlo; sin embargo, nuestro hombre en esa zona nos ha hecho llegar informes que prueban no solo una mala gestión, sino prácticas habituales de contrabando.

—¿Se lo digo así? —pregunté con una ingenuidad que le hizo torcer el gesto.

—Por supuesto que no, membrillo. El rey juzga, pero no tiene necesidad alguna de acusar, y menos a alguien que pertenece a una de las familias más notables del imperio. En un caso así, el rey hace que el acusado se sienta ridículo en sus mentiras, ¿lo entiende, majestad?

Entenderlo no resultaba difícil, pero llevarlo a la práctica me parecía una tarea más complicada que las que yo tenía por costumbre.

—Claro —mentí de muy ridícula manera.

—Debes hacerle comprender de forma sutil que eres consciente de lo que está sucediendo en la provincia que gobierna y que solo por una muestra de tu generosa confianza vas a concederle una última oportunidad de corregirse.

Antes de mi primera actuación oficial en el papel de Félix I pasé un buen rato concienciándome de que en ningún momento tenía que verme a mí mismo desde fuera, pues estaba seguro de que en tal caso me pondría nervioso o terminaría doblado de la risa sobre el trono, y cualquiera de las dos situaciones me restaría bastante autoridad.—Los nativos son perezosos, majestad, y por si fuera poco los ataques de los piratas ingleses a nuestros barcos se han incrementado en los últimos tiempos —explicó el gobernador cuando le interrogué sobre el descenso de los impuestos.

Aunque resulte difícil de creer, el tipo estaba más nervioso que yo, y percatarme de eso me dio una confianza que no tenía al comienzo de la audiencia. Además, la presencia sumisa de Tomás y Santiago escoltándome a cada lado del trono me confortaba mucho.

—Palabras son palabras, estimado Germán —dije, alzando la ceja izquierda como había visto hacer a Félix I cada vez que pretendía ocultar su enfado—, pero yo sería más feliz si oyese hablar de hechos. No sé si me explico con claridad —añadí remarcando el acento extranjero.

—Desde luego que sí, majestad —respondió él un tanto desconcertado.

—Me complace que te hagas cargo de mi inquietud. Si lo prefieres, puedo encargarme también yo de la tuya y buscarte un destino... digamos, más tranquilo.

—No creo que sea necesario, señor. Procuraré que se tomen medidas para que esta situación no vuelva a repetirse —protestó el gobernador meneando la cabeza.

Advertí que el sudor fluía con abundancia por sus mejillas, y esa fue la primera vez que tomé conciencia de lo que significa el poder absoluto sobre otros. Hasta tal punto que, mientras fingía reflexionar, cruzó mi cabeza la idea de encargarle a Santiago que me trajese una limonada fría. Quiso la fortuna que al final dominara en mi sesera el sentido común.

—Esas son gratas palabras para mis oídos, querido Germán. Espero que así sea —dije antes de levantar el brazo derecho como hacía el auténtico Félix I cuando una reunión le aburría.

Una vez que el gobernador de ultramar abandonó la sala del trono, expulsé el aire de los pulmones y sentí que todos los músculos de mi cuerpo vibraban a un tiempo como ramas de un árbol agitadas por la ventisca. Los hermanos Sigüenza de Soto me miraban con fijeza después de haberse mirado entre sí.

—¿Qué tal he estado? —pregunté con falsa modestia, pues era consciente de haber bordado el papel.

—Ni el propio Félix I hubiese sido más Félix I —me felicitó Tomás.

—Bastante correcto, pero aún quedan algunos pequeños detalles por pulir —matizó el implacable Santiago.

Con la intención de sacar provecho a los servicios prestados, pedí aquella noche a Tomás que me permitiese hacer llegar una carta a mi familia, puesto que nada de mí sabían desde hacía ya dos años. Como era de esperar, ocultaría todo cuanto estaba ocurriendo, él mismo podría comprobarlo si deseaba leerla, ya que no tenía otro propósito que tranquilizarlos al manifestar siquiera que me encontraba con vida. Tras meditarlo unos instantes, el pequeño de los Sigüenza me dio su consentimiento y me ofreció el compromiso de que el mensaje llegaría a su destino.

Desposeído de mi máscara de rey, escribí como huérfano la menor cantidad de mentiras que las circunstancias me permitían. Que había ingresado en la caballería real, que por eso había aprendido a leer y escribir, que prosperaba en el ejército, que mis días eran felices y que acaso pronto pudiese regresar para darles un abrazo. Les preguntaba después por mis hermanos, por la abuela, por la carpintería, y me despedí con mis mejores deseos antes de hundir la cabeza en la almohada para descansar y olvidar y llorar sin que nadie me oyese.

Una nueva alianza

Adiferencia de lo que le ocurría cuando iba al instituto, a Clara no le importaba madrugar para ir al museo. Desde que le habían asignado un pequeño cuarto en el que dejar por las noches el caballete y su caja de pinturas, el viaje en autobús se hacía mucho más ligero y lo aprovechaba para repasar con desgana las asignaturas pendientes, como Quique le había hecho prometer. La vuelta a casa era aún más agradable, pues él la esperaba en la puerta del museo y volvían juntos. Como las tardes de verano eran largas y amables, a veces pasaban por el barrio para ver a los amigos o tomaban algo en la cafetería de la esquina antes de preparar la cena entre los dos, o los tres si Javier no estaba de gira.

Quique se había familiarizado pronto con el carácter del músico y no solo distinguía sus ironías de sus imprevistos arrebatos de sinceridad, sino que, para satisfacción de Clara, encontraba casi siempre la respuesta oportuna a las palabras de su padre. Poco importaba si el tema tratado era la política, algo en lo que los tres coincidían, o el deporte, donde ellos seguían a equipos rivales y a ella le resultaba por completo indiferente. Solo cuando Javier dormía en casa Quique aceptaba quedarse en la habitación de invitados y por la mañana dejaba a Clara en el museo antes de ir a su casa.

Los fines de semana no se separaban ni un minuto. Por las mañanas él la ayudaba en sus estudios con una paciencia que curiosamente lograba poner a Clara bastante nerviosa. Por las tardes iban al cine, a la piscina o quedaban con los pocos amigos que no se habían marchado de vacaciones. Luego cenaban en alguna pizzería, donde Clara insistía siempre en invitarlo con el anticipo que había cobrado.

Aunque estaba bien lejos de sospecharlo dos semanas antes, Clara estaba viviendo el mejor verano que podía recordar.

Tampoco tenía motivos para quejarse de cómo avanzaba su trabajo en el museo. Le producía una satisfacción inconfesable adelantar a los visitantes que aguardaban largas colas, la mayoría extranjeros, y entrar mostrando su pase.

—Buenos días, señorita Clara —la saludaba invariablemente el ordenanza.

—Buenos días, Manuel —respondía ella.

Lo más duro al principio fue acostumbrarse a pintar rodeada de gente. Para alguien que tenía reparos en mostrar sus cuadros incluso cuando ya estaban terminados, crearlos a la vista de los curiosos que se detenían a su lado para comparar con el original, observar su técnica o hasta darle algún consejo resultaba muy irritante. Tanto, que en alguna ocasión tuvo que interrumpir el trabajo para ir al baño y refrescarse la cara antes que responder cualquier grosería. Incluso

69

una vez se vio obligada a llamar a seguridad para que se llevasen a un viejecito empeñado en quitarle el pincel de la mano para hacer unos retoques.

—Más densa, la textura tiene que ser más densa, señorita —repetía mientras el guardia le empujaba con discreción hacia la salida.

Tal vez lo más triste fue comprobar unos minutos después que el abuelo llevaba razón.

Desde que decidieron repartirse los retratos por épocas apenas coincidía con el otro copista, salvo en el comedor de los empleados, donde compartían mesa, pero, a pesar de los intentos de Clara, a duras penas mantuvieron conversación.

—¿Todo bien por ahora?

—Sí.

—¿No te molestan los visitantes?

—A veces.

—¿Te ha comentado algo el director de la muestra?

—Poca cosa.

Con el paso de los días, Clara fue abandonando todo intento de comunicación y comenzó a adelantar o retrasar la hora del almuerzo para no coincidir con su huraño colega. Desde que comía sola, aquel momento se había convertido también en tiempo de trabajo, pues lo empleaba en revisar lo que había hecho o en anticiparse a lo que tenía pendiente. Tan absorta solía estar en sus pensamientos que aquella mañana dio un respingo al advertir que una bandeja se colocaba en la mesa frente a la suya. Detrás estaba muy sonriente el director de la muestra en persona.

—¿Te importa si me siento?

—En absoluto.

—Así que tú eres Clara.

—Y además me llamo así –dijo ella, recurriendo a un viejo chiste que siempre tenía éxito para resultar simpática.

—Entonces tenemos algo en común, y yo no me llamo Claro –replicó el sujeto trajeado mientras picoteaba en el plato de ensalada–. Te confesaré que mi primera impresión respecto a ti no fue muy buena. De entrada, me parecías muy joven para un encargo de estas características, y además ese aire gótico tuyo no transmitía mucha confianza que digamos.

—Ya, supongo, se llaman prejuicios –dijo ella a la defensiva.

—Ahí tengo que darte toda la razón, porque hoy por hoy estoy... quiero decir, en la comisión estamos muy satisfechos con tu trabajo. De verdad, admirable. Enhorabuena, Clara.

—Gracias.

—Lo mejor de todo es que además de buena eres rápida, lo cual nos viene muy bien teniendo en cuenta lo justos que andamos con los plazos. He llegado a plantearme si no fue un error contratar otro copista.

—He visto el trabajo de mi compañero y creo que es bastante bueno.

El gesto del director le hizo comprender que el comentario anterior fue una trampa para ratones y ella había conseguido evitar el queso envenenado.

—¿Por lo demás todo a tu gusto, el trato, el ambiente...? –preguntó el tipo cambiando de tema.

—No tengo ninguna queja.

—Me alegra oír eso. Cualquier cosa, ya sabes –añadió señalándose con los pulgares.

Hasta que dio por terminada la comida incrustando la cucharilla en el envase vacío del yogur, el director, cuyo nombre Clara lamentaba no recordar, fue troceando el filete de pollo mientras alardeaba de sus conocimientos sobre arte, algo que según él solo compensaba a medias su falta de talento con un pincel en la mano. Cuando al fin la dejó sola, Clara no sabía si sentirse orgullosa por los elogios recibidos o aturdida ante aquel inagotable caudal de palabras. En todo caso, si algo tenía seguro es que ese sujeto enamorado de sí mismo no le inspiraba ninguna confianza.

Con la intención de ser tan positiva como pudiera, volvió esa tarde al trabajo con ánimos renovados, y se enfrentaba ya al tercer retrato de aquel monarca cuando una curiosa idea se instaló en su mente. Tan curiosa como la sensación de que esa no era la persona a la que había pintado las dos veces anteriores. Por ridículo, apartó aquel pensamiento de su cabeza, pero, a medida que avanzaba en el perfil de las facciones, más se afianzaba su sospecha.

Una vez que tuvo terminado el rostro cargó con su caballete hasta la sala contigua, donde se encontraban los otros dos retratos originales, y durante largo rato estuvo comparando los rasgos uno a uno. Cuando concluyó el análisis fisonómico, su convicción de que se trataba de individuos diferentes era absoluta.

—Pero eso es absurdo, Clara. ¿Cómo va a posar como rey alguien que no es el rey? —protestó Quique con la nariz arrugada detrás de una patata frita.

—¿Verdad? Eso mismo me pregunto yo.

—Además me dices que son casi idénticos... No sé, las personas cambian con la edad.

Clara sacudió la cabeza.

—Para cambios así tendría que haber pasado por un quirófano, y en el siglo XVIII la cirugía estaba un poco verde para algo así.

—No dudo de ti, pero es que... es imposible —dictaminó Quique antes de masticar por fin la patata—. ¿No será que el pintor es otro y de ahí las diferencias?

—Sin los cuadros delante es difícil entender lo que digo. Haremos una cosa, mañana te vienes conmigo al museo.

—Si te quedas más tranquila, por mí de acuerdo.

Hasta que Félix I regresó victorioso de las provincias del norte viví, y nunca fue la expresión mejor usada, como un rey. En palacio mis cometidos fueron escasos, pues la mayoría de cortesanos estaban al tanto de la ausencia del monarca y los hermanos Sigüenza de Soto preferían no airear de momento mi existencia. En cuatro meses apenas despaché media docena de recepciones con embajadores despistados y gobernadores empalagosos. La estrategia para esos encuentros era siempre idéntica: Santiago y Tomás me ponían en antecedentes sobre el sujeto y sus intenciones, me indicaban lo que yo debía exigirle o concederle y me acompañaban en la audiencia.

Había pasado tantas horas observando y reproduciendo el comportamiento de Félix I que no necesitaba tenerlo cerca para imitar sus ademanes de interés, de preocupación o, casi siempre, de aburrimiento. Con cada una de aquellas sesiones yo ganaba confianza en el papel y, que llegara a saber, ni uno solo de mis entrevistados albergó la menor duda de haberse reunido con el rey en lugar de hacerlo con un plebeyo adiestrado. Resulta evidente que hacerlo en el salón del trono ayudaba en gran manera a fortalecer el embuste.

Sin embargo, las mayores empresas que en beneficio del reino (eso me repetían siempre los hermanos Sigüenza) llevé a cabo fueron, para mi alegría, lejos de aquellos muros. Al parecer, la obstinación de Félix I por no abandonar el palacio a menos que fuese imprescindible había terminado por enfriar el entusiasmo con el que fue recibido por el pueblo. Para recuperar aquel afecto, una vez por semana se engalanaba la carroza real y nos desplazábamos hasta alguna villa, donde yo saludaba a los que creían ser mis súbditos y luego me reunía con las autoridades, empeñadas siempre en agasajarme con regalos y espléndidos banquetes. Me limitaba a hacer lo que mi aldea esperaba del rey la primera vez que apareció, esto es, preguntar por los problemas del lugar, interesarme por los productos típicos y pasear en cortejo por sus lugares más señalados. Cuestiones tan sencillas resultaban ser un suceso extraordinario y mis dos tutores se mostraban encantados.

—Es indudable que tu encanto personal es muy superior al de Félix —me decía Tomás en repetidas ocasiones.

—Me alegra mucho que no nos hayamos equivocado contigo —repetía Santiago después de cada visita.

Espero que el lector de estas memorias, si alguna vez llega a existir, no interprete estas palabras como muestra de petulancia; ya confesé mi deseo de abrir el corazón y en él se albergan de igual modo los recuerdos gratos como los aborrecibles. Si el tiempo me respeta tendrá quien esto lea sobradas oportunidades de comprobar lo que digo. A decir verdad, gozar de más encanto personal que mi ilustre gemelo es virtud que carece de todo mérito, pues el rey era de carácter hosco, caprichoso y, sobre ninguna otra cualidad, imprevisible.

El lector conocía todos esos detalles de la personalidad del primer rey de la dinastía Bondoror; sin embargo, leerlos con tal franqueza de alguien que lo había conocido en persona le produjo una sensación peculiar.

La mayor parte del tiempo que no me encontraba ejerciendo de Félix I lo hacía de su inexistente primo Guido de Bondoror. Con la barba postiza, ropas de aristócrata y mi inseparable bastón de marfil me movía con total libertad por los salones y los jardines no solo como un cortesano más, sino entre los más distinguidos gracias a mi cercano parentesco con el monarca, que por aquel entonces era yo mismo. Si esto puede resultar extraño al lector de estas páginas, imagine lo que podía sentir el hijo de un carpintero que durante sus primeros diecisiete años de vida más cerca estuvo siempre del hambre que del lujo.

Santiago y Tomás habían sido capaces de cambiar mi destino, pero no podían borrar de mi memoria una infancia humilde, y algo de ella regresaba en esas fiestas donde la nobleza del reino se hartaba de manjares y vino entre danza y danza. En aquellos primeros años aún me parecían un grotesco derroche y, aunque mis dos tutores me obligaban a frecuentarlas, nunca dejé de sentirme bastante ridículo y un punto miserable bailando un minué. Con mucha diferencia prefería cabalgar por los campos en compañía de Lucas, mi silencioso escudero, a quien un día regalé su propio caballo, un frisón negro con el que la villa de Salmatorta quiso agradecer la presencia del rey, es decir, yo. En correspondencia a mis eficaces servicios, los hermanos Sigüenza de Soto me habían permitido quedármelo, y a la mañana siguiente se lo mostré a Lucas.

—¿Te gusta?

El joven mudo agitó con mucha energía la cabeza y sus ojos se inundaron de admiración ante aquella montura que, si bien ya no era joven, mantenía intactos su porte y agilidad.

—Pues me alegro mucho, porque es para ti.

Lucas mantuvo los ojos igual de abiertos, pero el movimiento de su cabeza cambió por completo de sentido. Aunque no era capaz de emitir sonido alguno, o acaso por esa misma razón, el muchacho tenía el rostro más expresivo que yo había visto jamás.

—¿A qué esperas? —le animé—. Prepáralo y vamos a probarlo.

Bien lejos estaba aquel desdichado de imaginar los singulares vericuetos por los que transcurría mi vida debajo del disfraz con el que siempre me conoció, y a toda costa evitaba yo que los supiera para que la suya no corriese peligro.

Precisamente debajo del disfraz llegaban los mayores problemas para quien esto escribe, pues tanto me acostumbré a comportarme como Félix I o Guido de Bondoror que en la soledad de mi cuarto, sin postizos que dirigiesen mi conducta, me sentía perdido, vacío, absurdo como un pato en una carrera de liebres. Con el paso de los meses, a duras penas podía ya recrear en mi mente los rostros de mis padres o de mis hermanos, y me parecía no tener otra familia que la luz de la luna arrastrándose hasta mi lecho desde el ventanuco.

Un mal día, alrededor de medio año después de haber partido hacia las provincias del norte, Félix I y la reina regresaron a palacio. Sé que mis palabras pueden causar natural asombro, pero, como la sinceridad me obliga, escribiré sin exagerar un ápice que en el momento de su llegada sentí con toda la furia de mis veinte años recién cumplidos que el impostor era él. Me preocupa ya bien poco si ese fue entonces un sentimiento justo, mezquino o solo egoísta. Desde luego fue intenso, porque durante cinco días con sus correspondientes noches me encerré bajo llave en mi habitación, de donde me negué a salir ya fuese bajo promesa de amenaza o recompensa. Por suerte para mí, el muy fiel Isidro me proporcionaba alimento cada noche sin hacer pregunta alguna y justificó, ante quien quisiera oírlo, mi aislamiento por causa de unas fulminantes fiebres en extremo contagiosas. Solo el incontestable argumento de Tomás de que tenía en sus manos la carta de mi familia en respuesta a la que yo había enviado me animó a abandonar mi encierro.

Puedo reproducir aquellas pocas palabras tal como las recibí, pues desde entonces las conservo y en no pocas ocasiones he recurrido a ellas cuando las ganas de respirar parecían abandonarme.

Queridísimo hijo Ignacio:

Desde que te marchaste a la capital, he pedido cada noche a Dios en mis oraciones que me enviase al menos una señal de que seguías con vida, y parece que mis ruegos han sido escuchados. Bendito sea y bendito seas tú, que te acuerdas de nosotros. Nos hace muy felices saber que las cosas te marchan tan bien en el ejército. Por aquí poco ha cambiado, salvo que tu abuela Eduarda falleció a los pocos días de comenzar el nuevo año.

Tu padre, tus hermanos y el párroco Fidel, que estas letras escribe en nuestro nombre, te mandan tantos besos y cariño como yo.

Tu madre, que no te olvida.

Catalina

Durante largo tiempo mis servicios como sustituto del rey no fueron necesarios, pues como resulta comprensible Félix I prefería gozar en persona de los elogios por aquella victoria, con la que terminaba toda resistencia y que le permitía hacerse con el control absoluto del imperio. Por mi parte, superada la crisis asumí la nueva situación y me limité a vivir como Guido de Bondoror fuera de mi habitación y como lo que quedaba de Ignacio Feronte cuando cerraba la puerta.

A pesar de lo que afirman las nuevas teorías que en estos tiempos circulan sobre la igualdad entre los hombres, estoy convencido de que la naturaleza de quien nace en la miseria se mantiene para toda la vida. Esa y no otra debe ser la explicación de que, habiendo compartido mesa y baile con las damiselas de más alto linaje que frecuentaban la corte, mi corazón comenzase a suspirar por los verdes ojos de una criada que tenía el muy simbólico nombre de Socorro. Cierto es que varias veces me había cruzado con ella e incluso recordaba su cara sirviendo en algún banquete, pero, ocupada la cabeza en cualquier otro asunto, no había reparado en su hermosura hasta que Isidro cayó gravemente enfermo y fue ella la encargada de realizar sus tareas.

Ni Santiago ni Tomás tuvieron a bien informarme sobre la ausencia del criado, de modo que, cuando sonaron los golpes en la puerta a la hora acostumbrada, di permiso para entrar a quien suponía el sigiloso Isidro. No sé quién de los dos quedó más sorprendido cuando Socorro y yo nos quedamos mirando frente a frente con el mismo gesto alelado, aunque por su pronta reacción al dejar la bandeja para hacer una pomposa reverencia, es de suponer que fuera ella.

—Ma...jestad —balbuceó agachando la cabeza mientras retrocedía en busca de la puerta.

—Aguarda un momento —le pedí para ganar tiempo y encontrar la mejor forma de resolver aquel equívoco.

Tomándome por el rey, la criada se detuvo al instante sin interrumpir su reverencia.

—Lo que disponga su majestad.

—Verás... El caso es que yo... Yo no soy su majestad.

Tantos años después aún me pregunto por qué hice esa confesión. Quizá fuera porque entendí que al ser la suplente de Isidro debería estar al tanto de las mismas cosas o quizá porque aquel rostro angelical me pareció de repente lo más bello que yo había visto jamás.

—Si su majestad lo dice, así será.

En vista de que no había otra manera de convencerla, saqué del baúl la peluca, la barba postiza y el bastón para completar el disfraz.

—¿Y ahora qué opinas?

La criada pestañeaba incrédula y movía su boca como si no pudiese pronunciar palabra.

—Pero usted es el conde Guido de Bondoror, no es el rey —concluyó al fin.

—Eso es lo que trataba de decirte, aunque lo cierto es que tampoco soy... ¿Cómo te llamas?

—Socorro.

—Tranquila, no voy a causarte ningún daño.

—Estoy bien tranquila. Es que me llamo Socorro.

Con demente imprudencia la hice sentar en mi cama y allí, con la fuerza de un caudal largo tiempo contenido, abrí las puertas de mi alma frente a esa dulce criatura que parecía escucharme no solo con los oídos, sino con todo su cuerpo. Cuando terminé me juró por su honor que nada de lo que yo le había confesado saldría de su boca ni siquiera bajo tortura.

—Que así sea por el bien de los dos y nuestras familias —le advertí junto a la puerta.

El abrazo que me dio antes de marcharse me dejó ingrávido y sereno como un pez al que arrastra mansamente la corriente del río.

Males de amor

Tal y como habían acordado, Quique acompañó a Clara al museo. Era la primera vez que entraba a conocer su lugar de trabajo y, tan feliz como orgullosa, ella le condujo a lo largo de la cola de visitantes y saludó a Manuel como hacía todas las mañanas.

—Es un amigo —explicó señalando a Quique—. Ha venido a echarme una mano en un par de tareas.

—Muy bien, señorita Clara. Que tengan un buen día.

—Vaya, parece que eres una persona importante.

—Ya ves tú, una simple copista —replicó ella con falsa modestia.

—Simple no, la mejor —apostilló Quique.

Después de estamparle un sonoro beso en la mejilla, Clara le llevó de la mano hasta la sala donde estaba el primer cuadro y le indicó en qué rasgos del personaje debía poner atención para luego comparar.

—Es una lástima que no estén juntos, verías mucho mejor lo que te digo.

–Creo que me he quedado con lo fundamental.

En la segunda sala, mientras Clara le hacía ver que el mentón no tenía la misma curvatura y la línea de las cejas era ligeramente más alta respecto a la nariz, un puñado de turistas se habían congregado junto a ella para no perder detalle de la explicación.

–Yo no soy la guía, sigan con su visita –los espantó Clara como si se dirigiese a un rebaño de ovejas extraviadas.

–Cómo te las gastas –exclamó Quique sorprendido.

–Sé que viniendo de fuera parece grosero, pero es que me tienen hasta el gorro. No puedo pintar tranquila; la otra mañana le metí sin querer el pincel en el ojo a un cotilla, imagina hasta dónde tendría incrustada la cara en el cuadro.

–Qué agobio.

–Supongo que me acostumbraré... Bueno, ¿qué me dices de lo nuestro? Antes de que se forme otro corro.

–Pues me gustaría responderte algo diferente, pero el caso es que no acabo de verlo claro. A mí me parecen el mismo tipo y además es el rey... De todos modos, me has despertado la curiosidad, y aprovechando que hoy no tengo nada mejor que hacer, voy a buscar información sobre él.

–Gracias, guapo.

Considerando que las dificultades de Quique para advertir unas diferencias tan evidentes se debían al hecho de que él no era pintor, ese día Clara procuró coincidir en la cafetería con su compañero de oficio. Tal vez estuviera molesto por la cantidad de tiempo que llevaba evitándole, pero la inexpresividad habitual del copista calvo no le permitió sacar ninguna conclusión.

—¿Podría pedirte un favor? –se atrevió a preguntarle después del largo silencio que siguió al saludo inicial.

—Claro.

—Se trata de algunos retratos que en teoría corresponden al mismo rey, pero a mí me parecen personas diferentes y me gustaría conocer tu opinión.

—¿Diferentes caras para el mismo rey? No tiene mucho sentido, pero vamos a verlo –dijo el tipo, levantándose después de pronunciar la frase más larga que Clara le había oído nunca.

Como había hecho con Quique, le señaló dónde estaban las diferencias y, al igual que su novio, tampoco apreció el copista motivos suficientes para considerar que se tratara de dos personas distintas.

—Puede que tengáis razón y no sea más que una obsesión mía –admitió Clara con cierto desencanto.

—La clave es el pintor. No es el mismo. La técnica del primero es muy superior –sentenció su colega con aire experto antes de despedirse.

La tarde no fue muy productiva. Por más que intentaba concentrarse en su trabajo, no conseguía apartar de su mente las dudas sobre aquellos retratos, y en varias ocasiones abandonó lo que estaba haciendo para volver a comprobar sus sospechas. Cuando Quique llegó a buscarla se sentía tan agotada como si hubiera estado horas trepando por la ladera de una montaña. Él en cambio se mostraba más animoso que de costumbre y Clara entendió el motivo mientras tomaban un par de Coca-Colas heladas antes de subir a casa.

—Como te dije, me he dedicado a buscar información sobre ese rey –anunció el joven, brillantes de picardía sus grandes ojos azules.

–¿Y?

–Pues no sé si el del cuadro es el mismo o no es el mismo, pero desde luego ese hombre estaba como un cencerro.

–¿Qué dices? –preguntó Clara asombrada.

–Como una cabra o, mejor dicho, como una rana. A veces estaba convencido de no tener brazos ni piernas y empezaba a croar. Eso por no mencionar que dejó de lavarse y de cortarse las uñas de los pies; le crecieron tanto que no podía caminar.

–¡Qué horror!

–Hay cosas peores, ya te contaré... El caso es que mientras investigaba se me ha ocurrido que pasado mañana podríamos ir a visitar su palacio. Son menos de dos horas de viaje, ¿qué te parece?

Clara sintió que un gusanito de terciopelo azul anidaba en su ombligo.

–Que te quiero mucho, empollón.

Como era de esperar, Quique se sonrojó hasta las pestañas y ella sintió una ternura infinita.

–Yo también, chica gótica.

–Por cierto, eso me recuerda que el viernes nos ha citado por la tarde el director de la muestra, así que no vengas a recogerme; ya nos veremos el sábado.

–Bueno...

Como el ingenuo adolescente que era, bien lejos estaba Quique de adivinar una intención oculta detrás de aquellas palabras. Por eso fue mayor su asombro cuando el sábado por la mañana vio a Clara salir del portal. De no ser por su inconfundible manera de caminar jamás la hubiese reconocido. Sus perpetuas ropas, pulseras y abalorios negros se habían convertido en una falda de gasa verde y una blusa blanca; la cascada de pelo azabache estaba recogida en un moño y solo al tenerla cerca advirtió que, en lugar del tono oscuro habitual, sus labios estaban pintados de un rojo pálido.

–¡Pero bueno!... Estás...

–No lo digas, o pensaré que el resto de los días no lo estoy y la tenemos –advirtió ella amenazándole con el dedo.

–Tan atractiva como siempre pero distinta, quería decir.

–Vamos a un palacio y no quiero que me señalen como la rara esa que va con un chico tan arregladito.

Aunque fuese ingenuo y adolescente, Quique supo reconocer de inmediato la profunda prueba de amor que latía bajo aquel cambio de aspecto y apretó la mano de Clara entre la suya. Ella le devolvió una sonrisa.

No lo esperaban por encontrarse en periodo de vacaciones, pero había muy pocos turistas en la que fue residencia de la familia real hasta el siglo XIX y pudieron recorrer a su aire cada una de las salas. Como la época de ocupación del palacio por parte de los monarcas coincidía precisamente con la que estaba pintando, Clara se lució como una alumna aventajada reconociendo a Leopoldo V, a Francisco VI, a Constantino III, a Constantino IV y, sobre ningún otro, a Félix I.

–¿Te ha ayudado en algo? –preguntó Quique, que había aprendido a distinguir sin el menor titubeo el rostro de aquel sujeto perturbado que estaba perturbando a su novia.

–No. Aquí siempre es la misma persona –respondió ella con un punto de decepción cuando terminaron la visita.

Gracias a los altos techos y los gruesos muros del palacio habían conseguido mantenerse a salvo del calor sofocante que los recibió en cuanto alcanzaron los jardines. Solo al amparo de las abundantes sombras que proyectaban cedros, abetos, castaños y moreras pudieron explorarlos, siempre en la mano del otro la que no sostenía la botella de agua.

—¡Mira! —exclamó Quique de pronto.

Clara siguió la dirección de su dedo. Señalaba una fuente de piedra con cinco surtidores de agua alrededor de una inmensa rana de bronce.

—Según lo que me has contado de ese hombre, esta debe ser una estatua homenaje a su persona.

Otra virtud de Quique, pensó Clara, es que sabía entender a la perfección sus macabras ironías.

El amor entre Socorro y yo no solo nació entre problemas, sino que estos fueron creciendo y haciéndose tan fuertes como él. Para empezar, ella era una sirvienta y yo en apariencia un aristócrata, motivo por el cual las probabilidades de que nuestra relación llegara a formalizarse eran muy escasas, y digo esto por mencionar la más optimista de las perspectivas.

Nos encontrábamos en mi habitación cada día cuando ella me servía la comida o la cena y, según lo aconsejaran las circunstancias, Socorro volvía con la noche cerrada o bien yo me escapaba hasta su cuarto, opción menos frecuente por cuanto el personal del servicio al completo transitaba de continuo por aquella galería. Durante esos momentos, siempre demasiado breves, nos tomábamos de la mano para contarnos la jornada y hacer planes que, seguros estábamos, nunca nos dejarían llevar a cabo.

—Cada vez que sirvo al rey te veo y me pongo nerviosa. Esta mañana a punto estuve de arrojarle encima el caldo de pescado.

—Maldita sea esa mala copia de mí —contesté sacando al aire toda mi rabia interior.

—Ignacio, no hables así. Es el rey —me recriminó ella.

Oír mi nombre en su boca me confortaba, me hacía sentir que mi vida no estaba perdida sin remedio.

A veces fantaseábamos con la posibilidad de fugarnos y construir una nueva vida juntos lejos de palacio, en cualquier lugar donde nadie nos conociese. Con ilusión de enamorados y paciencia de artesanos diseñábamos la que sería nuestra casa, situada encima de la carpintería, antes de discutir los nombres que pondríamos a nuestro segundo hijo varón y a nuestra segunda hija, pues los mayores se llamarían Ignacio y Socorro sin la menor duda. Era nuestro inocente recurso para rebelarnos contra lo imposible, para acariciar el futuro que no tendríamos jamás, porque bien sabíamos que no habría de faltar un Sigüenza de Soto que nos encontrase o tomase venganza contra nuestras familias.

—Mantén la esperanza, querida —decía yo al adivinar sus discretos sollozos con la cabeza girada hacia el ventanuco—. Nunca se sabe lo que el destino nos tiene preparado, quién iba a decírmelo a mí cuando hace tres años fui a ver el cortejo real que pasaba por mi aldea.

—Sí, quién sabe —respondía ella con un desencanto capaz de convertir mi alma en ceniza.

Una tarde, después de haber estado ejercitándonos con la espada en el patio de armas, procuré sondear a Tomás, cuyos ánimos tras el definitivo sometimiento de los rebeldes del norte y su reciente matrimonio estaban en el extremo opuesto a los míos.

—Señor, ¿podría haceros una confidencia personal?

Tal vez porque llevaba mucho tiempo sin usar el tratamiento de cortesía para dirigirme a él me miró con suspicacia.

—Por supuesto, muchacho, hace años que te tengo por un
amigo. Dime sin miedo, ¿de qué se trata?

—Me preguntaba qué ocurriría si tuviese la intención de
cortejar a alguna... dama —insinué, bajando la mirada con
cierta vergüenza.

Nadie más que nosotros había en los alrededores. Aun así,
me tomó de un brazo y me condujo hasta los jardines traseros.

—Mi hermano y yo ya sospechábamos que esta situación
no tardaría en presentarse, tienes ya veintidós años y la
naturaleza es una fuerza muy poderosa —dijo en voz baja,
con la vista fija en un tronco de árbol como si allí estuviera
escrito cuanto me decía—. Como puedes imaginar, eso su-
pondrá un notable contratiempo, puesto que ante ella no
podrás permanecer siempre disfrazado, y no conviene que
sea mucha la gente que sepa de tu existencia, o por mejor
decir, de tu existencia como sustituto del rey.

—Ya lo supongo. Ese es el motivo por el que te estoy
pidiendo consejo.

—Hablaré con Giuliano Manfredi. Estoy convencido de que
en pago a tus servicios logrará que el rey te conceda el
título efectivo de conde. Luego buscaremos una aristócrata
de confianza, pues ya sabes que la discreción es virtud que
escasea entre las mujeres.

—¿Y si fuese una criada? —pregunté como si mi observa-
ción fuese producto de la simple curiosidad.

—¿Una plebeya? —me devolvió la pregunta con un gesto del
que había desaparecido toda simpatía—. Estás bromeando,
¿verdad?

—Naturalmente —mentí con mi mejor cara de pícaro.

—Por un momento me habías asustado.

Como podrá el lector deducir a pocas luces que tenga, nada dije a Socorro de esa conversación que enterraba de manera inapelable todos nuestros sueños. Al contrario, trataba en su presencia de mostrar un renovado optimismo que, curiosa paradoja, solo conseguía entristecerla aún más. Tampoco volví a insistir ante Tomás ni él retomó la cuestión hasta que, pasados algunos días, me dijo que Giuliano Manfredi quería hablar conmigo sin falta la mañana siguiente.

—¿Para qué?

—Él te lo dirá —fue su lacónica respuesta.

Tragué saliva. A nadie en palacio se le escapaba que Giuliano Manfredi no era un simple consejero del rey, sino la auténtica cabeza pensante del imperio, hasta el punto de que Félix I no tomaba ninguna decisión importante sin consultarle, y en verdad era él quien dirigía con mano firme todos los asuntos políticos y militares.

Cuando Santiago vino a buscarme a la hora establecida me encontró impecablemente disfrazado de Guido de Bondoror y, a modo de aprobación, me dedicó una leve sonrisa antes de conducirme hasta el duque. Puesto que uno de los dos hermanos, cuando no ambos, solían estar a mi lado en los momentos decisivos, supuse que me acompañaría durante aquella conversación; sin embargo, esta vez, para mi sorpresa, me invitó a entrar y cerró por fuera la puerta del despacho.

Detrás de una mesa cubierta de papeles, pluma en mano y vestido con su deslumbrante uniforme militar, Giuliano Manfredi me indicó con un gesto que me acercase y me señaló una silla frente a él. Varios minutos aguardé en silencio a que diese fin a sus quehaceres antes de que volviese a prestarme atención, cosa que hizo después de reposar la pluma en su peana.

–Quítate esa barba y esa peluca –ordenó.

–Sí, señor –obedecí, dejando ambos postizos en la silla vacía que estaba a mi lado.

–¡Formidable! –exclamó–. Ahora que mis hombres han pulido tus maneras rústicas el parecido es todavía mayor... Imítale.

–No puedo imitar a nadie porque en realidad yo soy el rey, querido Giuliano –le dije, esmerándome en cada gesto, en cada entonación–. Tomás Sigüenza me informó ayer de esta visita y se me ocurrió ser yo quien por una vez ocupase el lugar de ese ridículo aprendiz de mí. Coincidirás conmigo en que se trata no solo de justicia, sino también de una simpática forma de combatir por un rato el aburrimiento. ¿No te parece, Giuliano, que el tiempo es un don demasiado precioso para desperdiciarlo cada día con tediosos informes y despreciables audiencias? Contesta, vamos, no tengo todo el día.

Bajo ningún concepto Ignacio Feronte se hubiese atrevido a dirigirse de ese modo al principal del reino, pero cuando entraba en el papel de Félix I me sentía invulnerable. Tanto, que advertí en el rostro de Giuliano Manfredi un asomo de duda sobre la verdadera persona que tenía enfrente.

–Pero... No puede ser... ¿Majestad? –balbuceaba sin apartar los ojos de mi mano derecha, colocada exactamente como el rey solía hacer cuando una situación le irritaba en demasía.

–¿Lo he hecho bien? –pregunté para deshacer el equívoco y no seguir tentando a la suerte.

—¡La madre que...! ¡Pedazo de...! Has llegado a confundirme a mí mismo, que le trato varias horas al día —admitió dando un sonoro puñetazo sobre la mesa y sin dejar de reír.

—Gracias. He pasado muchas horas ensayando.

—Tomás me había comentado en alguna ocasión que tu interpretación era brillante, pero veo que se ha quedado corto. Es algo que me alegra mucho, porque tengo la impresión de que en los tiempos venideros no te va a faltar el trabajo.

—¿El rey vuelve a salir de viaje?

Giuliano Manfredi negó con la cabeza y tardó un buen rato en darme una respuesta. Puede que estuviese considerando la conveniencia de hacerlo.

—Se trata de su majestad Ana Teresa —dijo al fin—. Lleva varios días en cama y nuestro monarca se encuentra seriamente preocupado, lo cual provoca que no se... centre como debería en los problemas de Estado. Me refiero en especial a los contactos con embajadores extranjeros y gobernadores de las provincias.

—¡Ah! —declaré con espontáneo alivio—, eso y visitar aldeas para estrechar lazos con el pueblo han sido mis ocupaciones principales mientras el rey estuvo en la guerra del norte.

—Lo sé. Suceden muy pocas cosas en este lugar que yo no sepa. Por ejemplo, que tu título de conde ya ha iniciado los trámites y estará listo en poco tiempo. No puedo conseguir que con él se incluya una propiedad, pues tu... trabajo te condenará a vivir siempre en palacio, pero ten por seguro que haré cuanto esté en mi mano para que la asignación anual no baje de cinco mil reales. ¿Te parece bien?

—Es una cantidad muy generosa, señor. Creo que no sabría en qué gastarla como no fuese en ayudar a mi familia.

—Ese pensamiento te honra, muchacho, pero si haces tal cosa procura que las cantidades sean modestas o tus padres se harán preguntas que no convienen.

—Entiendo, señor.

—Una vez que en efecto seas conde hablaremos de esa damisela llamada a ocupar tu corazón, Tomás ya me ha contado. Tengo un par de candidatas que sin duda resultarán de tu agrado —añadió guiñándome un ojo.

—Estoy seguro, señor —acepté con resignación, consciente de que cualquier otra respuesta solo sería una pérdida de tiempo para ambos.

—Recibirás noticias —dijo Giuliano Manfredi dando por concluida la conversación.

Esa misma noche le comenté a Socorro la enfermedad de la reina y ella me lo confirmó. No era parte de su cometido, pero una de sus mejores amigas tenía el encargo de prepararle caldos y aplicarle paños fríos sobre la frente.

—Valentina me ha dicho que su majestad está muy débil y ella anda angustiada por miedo a contagiarse. Yo intento tranquilizarla y le digo que no se preocupe, que con los reyes nosotras no compartimos ni las enfermedades.

—¿Y el rey?

—Se nota que la quiere de verdad, pasa mucho tiempo a su lado y le habla con cariño aunque ella esté dormida o delirando... ¿Tú lo harías por mí?

—Con tenerte un día entero a mi lado sin necesidad de robarle estos pocos minutos a la noche sería el hombre más feliz.

—Yo también.

No sé si lloré más abrazando a Socorro en aquel instante

o ahora, que al recordarlo siento que todos los espectros del pasado regresan en procesión para burlarse de mí.

El lector no pudo evitar un estremecimiento al comprobar que en efecto algunos trazos del manuscrito estaban borrosos en esa página y otros habían sido sobrescritos.

–Quizá deberías pensar en buscar otro hombre, Socorro –le dije esforzándome en evitar que el corazón se me escapase por la boca–. La vida que yo puedo ofrecerte no te conviene y la que nos conviene a los dos no depende de nosotros.

–No quiero buscar otro hombre, Ignacio. Ni se me había ocurrido buscarlo antes de conocerte, así que imagínate ahora.

–¿Al menos lo pensarás? –insistí.

Su respuesta fue una suave bofetada, sobre cuya huella depositó un doloroso beso antes de abandonar mi habitación.

Al quedar a solas aquella noche tuve la impresión de que mi vida se había convertido en una báscula de implacable y cruel equilibrio. El plato de los sinsabores parecía empeñado siempre en no alejarse demasiado del que cargaba con las alegrías, y por eso iba a convertirme en aristócrata y ganar una fortuna, pero no podía emplearla en ayudar a mi familia ni compartirla con la persona amada.

La situación no me hubiese resultado tan detestable como en ese momento la viví de haber conocido las cartas, aún más lúgubres, que el futuro tenía escritas para mí. Lo más insólito es que empezaran a desvelarse a raíz de un suceso que en principio no me causó la menor inquietud, sino más bien una íntima satisfacción que todavía hoy me avergüenza reconocer.

Tres días después de la conversación con Giuliano Manfredi, su majestad Ana Teresa Amalia de Cerdeña murió.

Demasiados días sin sol

Clara y Quique pasaron la mañana del domingo buscando información en internet sobre Félix I, pero el resultado era desalentador. Como si avanzasen en un laberinto, terminaban por volver siempre al punto de partida. La vida del rey, decretos del rey, tratados, acuerdos o victorias militares. En alguna página menos seria leyeron un recuento de sus múltiples extravagancias. No sabían muy bien qué estaban buscando, pero nada de aquello resultaba demasiado interesante.

–Lo que desde luego no puede negarse es que el tipo estaba muy perjudicado de la azotea –sentenció Clara, antes de sacar la cabeza por la ventana para que el aire arrastrase la imagen del monitor incrustada en sus retinas.

–A lo mejor cuando sufría esas neuras le cambiaba también la cara y por eso parece otro –bromeó Quique aún pegado a la pantalla.

–¿Qué quieres que te diga, chico? A ratos todo esto me parece un perfecto disparate.

—Pues a mí me está interesando cada vez más. ¿No te das cuenta, Clara? El primer rey de nuestra dinastía era un pobre demente que tenía como poco media docena de personalidades. No entiendo cómo nos ocultaron esto en el instituto.

—¿En serio necesitas que te explique por qué don Salvador no nos dijo nada? En caso de que lo supiera, que ese es otro tema.

—Se me ha ocurrido ir mañana a la Biblioteca Nacional a ver si consigo información de primera mano.

Quique se mostraba tan entusiasmado que Clara no encontró fuerzas para pedirle que se olvidara de aquel estúpido alboroto que solo una estúpida como ella podía haber levantado. A medio camino entre la culpabilidad y la ternura, volvió a sentarse junto a él, le pellizcó una oreja, luego besó el lóbulo colorado y por último reposó la frente sobre su espalda.

—Como quieras, pesado —dijo—. Yo puedo subir las fotos de los cuadros a mi blog y preguntar si alguien sabe algo, ¿te parece bien?

—Es una idea genial —respondió Quique, pasando el brazo por encima de su hombro sin saber que ella recibía aquel movimiento como el detalle más hermoso del mundo.

Por la tarde salieron a pasear sin rumbo, se diría que con el único propósito de extraviarse cogidos de la mano por las deshabitadas calles del centro viendo languidecer el día. En algún momento se detuvieron frente al escaparate de una tienda de mascotas, donde Clara comenzó a repiquetear sus dedos contra el cristal hasta que alteró a un cachorro de gato color melocotón, el cual abandonó de inmediato su siesta para perseguir aquellas uñas negras.

–Hace mucho tiempo que me gustas –dijo Quique entonces–. Pero antes era solo gustar, tú me entiendes, ahora en
cambio es mucho más... quiero decir que me siento muy bien
contigo.

–Ya lo sabía, bobo, no dejabas de mirarme. Aunque te
confieso que parecías tan formalito que a veces me preguntaba qué hacías en nuestra pandilla de trastornados.

–Mirarte, supongo.

–Cuando mi madre me echó de casa creí que el mundo
se me venía encima, pero ahí estabas tú para echarme una
mano, luego mi padre, mucho más majo de lo que esperaba,
y ahora el trabajo en el museo... La verdad es que todo está
saliendo de maravilla, pero tengo la sensación de que si lo
comparto contigo vale el doble.

Que se sepa, nunca gato alguno de color melocotón contempló una mirada tan cómplice.

El gesto de Quique que Clara encontró el lunes cuando
vino a recogerla era bien distinto. Su enfado se debía al hecho de haber perdido el día, ya que para consultar los fondos
de la Biblioteca Nacional era requisito indispensable tener el
carné de investigador.

–Pues qué fastidio –diagnosticó ella a modo de resumen.

Tuvo que ser Javier, a quien encontraron ensayando con
el contrabajo, quien les ofreciese una alternativa. Como
ya era habitual cuando estaban los tres en casa, el centro
de reunión se acabó estableciendo en la cocina, donde el
músico se disponía a preparar para la cena unos panque-
ques salados cuya receta aprendió durante la última gira
en Sudamérica. Quique, más que Clara, le había puesto en
antecedentes sobre aquel rey con dos caras y, después de

escuchar con mucha atención, Javier los había animado a seguir adelante.

–¿Por qué no le pides al director de la muestra que le consiga a Quique un pase de investigador? –preguntó mirando a su hija–. Creo que eso se hace en casos especiales y ese hombre debe tener influencias.

–Lo puedo intentar, pero no se me ocurre con qué motivo voy a plantearle una cuestión así.

–Muy fácil, dile que conocer mejor a quien pintas puede ser de gran ayuda en tu trabajo.

El argumento no dejaba de tener cierta lógica, así que la mañana siguiente Clara buscó la manera de hacerse la encontradiza en la cafetería con el director, a quien por fin localizó en su mesa habitual, disfrutando a solas de una ensaimada y un café con leche.

–Buenos días. ¿Podría hablar un momento con usted? –preguntó sin atreverse a tomar asiento.

–Vaya, pero si es mi copista favorita –declaró el tipo con un tono de alegre sorpresa que sus gestos no acompañaban–. Desde luego, será un placer desayunar en tan agradable compañía. ¿Te apetece tomar algo?

–Un té rojo estaría bien.

Mientras el director con una mano le pedía que se sentase y con la otra llamaba al camarero, por la cabeza de Clara cruzaron dos ideas. La primera, que aún no sabía cómo se llamaba aquel sujeto tan peculiar, y la segunda, que no terminaba de entender aquella impresión suya de que ese hombre vestía siempre una talla de más, tanto en traje como en formas.

–Te escucho –dijo cuando a ella le sirvieron, recuperando el control de sus cubiertos.

–Me preguntaba si sería posible que usted consiguiera un pase de investigador en la Biblioteca Nacional para... mi novio. Estamos buscando información sobre los primeros reyes Bondoror, en especial sobre Félix I.

El director pestañeó como si quisiera triturar con sus párpados la petición para hacerla más comprensible, lo que al parecer no consiguió.

–Me vas a disculpar, Clara, pero creo que no termino de captar el fondo de ese propósito.

–He pensado que tal vez conocer un poco mejor a los reyes pueda ayudarme en mi trabajo.

–En el caso de un pintor lo entiendo, pero para un copista no veo la utilidad. No te ofendas, pero creo que precisamente para tu trabajo debes fijarte más en el pintor que en el personaje.

Clara no estaba ofendida, lo que el director terminaba de decirle era tan coherente que ella ya lo había pensado. A la vista de las circunstancias, no quedaba otra alternativa que confesarle el verdadero sentido de la propuesta, con el riesgo de que la tomase por una perturbada.

–La cuestión es que en los cuadros elegidos para la muestra hay dos de Félix I en los que yo veo personas diferentes, y no me diga como todo el mundo que la diferencia se debe a que son distintos pintores. Es que los rasgos faciales no coinciden con exactitud –añadió con toda la convicción de la que era capaz.

El director se quitó las gafas y limpió los cristales con un pañuelo mientras la enfocaba con sus ojillos miopes.

–¿Pretendes decirme que uno de los reyes Bondoror usaba un doble para que posara por él en los retratos? –preguntó el tipo con una sonrisa cínica en los labios.

—No me atrevo a tanto, solo que...

Por suerte el director sin nombre la interrumpió en ese momento, porque no tenía la menor idea de cómo continuar la frase.

—Me parece muy interesante —dijo de improviso—. Lo de menos es que sea verdad, que seguramente no lo será, pero un rumor de ese tipo puede dar un empuje a la muestra, por el morbo, ya me entiendes; los medios de comunicación son decisivos para que un proyecto como este tenga éxito. Moveré algunos hilos para que tu novio tenga ese permiso, ¿te parece bien?

—Me parece perfecto.

—Apúntame aquí su nombre —añadió ofreciéndole una pequeña libreta que extrajo del bolsillo de su americana.

—A propósito, yo aún no sé el suyo.

Por toda respuesta, el director le ofreció una tarjeta y una sonrisa. Rafael Estrada de la Cemba. Comisionado del Departamento Nacional de Patrimonio. Clara recordó entonces que el primer día ya le había entregado una, pero no tenía la menor idea de lo que había hecho con ella.

Quique se mostró entusiasmado con la noticia y para celebrarlo decidieron encargar una *pizza* cuatro estaciones con extra de queso. Mientras la esperaban descubrieron que no terminaban ahí las alegrías esa noche, pues Clara encontró en su blog un mensaje de respuesta a las dudas sobre Félix I.

—¿Qué dice? —apremió Quique.

Clara leyó con voz tranquila.

—Tengo algo importante que comunicarle respecto al tema que plantea, señorita, pero le aseguro que este no es el canal adecuado. Me pondré en contacto con usted por otros medios.

–Qué misterioso, ¿no?

–Nunca hago demasiado caso a estas entradas. Hay gente muy enferma y muy solitaria por esos mundos –respondió Clara antes de eliminar el mensaje.

Tras la muerte de Ana Teresa llegaron a la corte tiempos difíciles, muy convulsos. Si a eso unimos mi debilitada memoria senil, es probable que el lector encuentre en las páginas que siguen más de un desajuste de personas, lugares o momentos. Presento por anticipado mis disculpas y, con las pocas energías que aún conservo, me esforzaré por ser lo más fiel que pueda a los extraordinarios acontecimientos que comenzaron, si el diablo no me confunde, la misma mañana de su entierro.

Al numeroso cortejo fúnebre, que salió de palacio para llegar a la catedral, se fueron uniendo por el camino más y más súbditos que abandonaban sus casas o sus negocios, ajenos a la lluvia, para despedir a la que había sido su reina durante los últimos siete años. En esos momentos poco importaba que hubiera sido una mujer caprichosa y egoísta incapaz de mostrar nunca el menor interés por el bienestar de su pueblo. Había muerto antes de cumplir veintitrés años, dejando un rey viudo y dos príncipes huérfanos, y aquello era motivo suficiente para sentir una lástima infinita mientras caminábamos despacio, mojados, cabizbajos, inmersos en un silencio demoledor. Recuerdo que yo volvía de vez en cuando la cabeza con la intención de distinguir a Socorro entre la multitud, algo que no logré; en cambio, sí conseguí un buen codazo por parte de Santiago Sigüenza para que dejase de hacerlo.

Lo que entonces pasara por la cabeza de Félix I solo Dios lo sabe, pero lo cierto es que esa tarde, de regreso ya en palacio, comenzaron los primeros disparates reales de una lista que fue creciendo sin medida. Según supe por Tomás, después de comer el rey convocó de urgencia al consejo de Estado y le comunicó su irrevocable decisión de declarar oficialmente la guerra al Sol. Aunque no estuve presente en esa inicial muestra de locura, puedo imaginar el severo rostro del que era secretario de Estado, José de Castro y Rosales, mientras firmaba aquel absurdo documento.

—Con todo, no fue aquello lo más triste —continuó Tomás—, sino que acto seguido dio orden de que se encendiesen las lámparas y se cerrasen todas las cortinas del salón del trono como muestra de repulsa por la actitud agresiva del astro rey hacia su persona. ¿Puedes creerlo?

—Sin duda estará afectado por la muerte de su esposa —dije yo, tratando de justificar a mi gemelo.

—Ojalá sea eso, muchacho. Ojalá sea eso...

Pero, confirmando las sospechas que el tono de Tomás dejaba traslucir, no fue solo eso. Félix I se encerró durante diez días en sus aposentos sin recibir a nadie ni atender ningún asunto de Estado. Pasado ese tiempo reapareció una tarde, pálido y despidiendo un hedor nauseabundo, para decretar que a partir de ese instante todas las audiencias comenzarían al caer la noche. De ese modo podrían evitarse las ruines maniobras de espionaje a las que ese enemigo suyo era tan propenso.

—El muy maldito brilla en exceso para que nadie pueda fijarse en que detrás de esa luz se esconde un traidor miserable —concluyó ante sus más estrechos colaboradores, entre los que esta vez sí me encontraba, porque Santiago se empeñó en llevarme con el fin de que fuera adaptando mi representación del monarca a su nueva y estrafalaria personalidad.

Sin reina, con el rey dando muestras de un considerable desvarío mental y la corte en perpetuo alboroto como una jaula de grullas buscando el mejor comedero, no quedaba otro recurso que la eficaz mano de Giuliano Manfredi para conducir el vacilante rumbo del imperio. Y, como era de imaginar cuando su majestad estaba ausente, ya fuera de manera física o mental, yo comencé a ser el títere que esa mano movía.

—Querido Ignacio —me dijo después de que Santiago me condujese con urgencia hasta su despacho, y advertí que muy graves tenían que ser las circunstancias para que no se dirigiese a mí como *muchacho*—. Supongo que eres consciente de que el rey se encuentra algo... trastornado por la muerte de su esposa, ¿no es así?

—Algo he oído, sí, señor.

Aunque me miraba con atención, el duque no demostraba la seguridad de costumbre, parecía nervioso y mucho más interesado en sus propios pensamientos que en mis palabras.

—Que piense que una estrella quiere atacarnos o que haya descuidado su aseo personal son asuntos que tienen una importancia relativa... Lo que de verdad nos preocupa —añadió, buscando a Santiago con la mirada para integrarle en aquel plural— es que hoy mismo me ha hecho llegar una serie de medidas para que el consejo de Estado las apruebe no más tarde de esta semana.

Con absoluto desprecio arrojó sobre la mesa un puñado de hojas manchadas de garabatos, a primera vista indescifrables, que por educación recogí para dar la impresión de que estaba interesado en el problema.

—Si lo prefieres, puedo ahorrarte el trabajo de leerlas —intervino Santiago—. El rey pretende prohibir a todos los ciudadanos el uso de ropa blanca y jabón por considerar que son aliados del Sol. Además, se le ha ocurrido una subida de impuestos para todas aquellas personas que, pudiendo realizar su trabajo por la noche, prefieran hacerlo durante el día. La mayoría de las hojas que siguen están dedicadas a enumerar los oficios que lo permiten... incluyendo a los agricultores.

—¿Le ha visto un médico? —pregunté, por ser lo más sensato que en aquel instante se me pasó por la cabeza.

—Precisamente a los médicos les corresponde la subida de impuestos más elevada y...

Giuliano Manfredi levantó entonces su mano para indicar a Santiago que guardase silencio y recuperar el control de la conversación.

—Ignacio... Si te contamos todo esto es porque tenemos plena confianza en ti, y la tenemos porque en los años que llevas trabajando para nosotros nunca nos has defraudado. Has cumplido cuanto se te ha encomendado con discreción y eficacia, hasta el punto de que mis hombres y yo te consideramos ya uno de los nuestros.

—Gracias, señor, yo...

—Te aseguro que cuando descubrí en aquella aldea tu asombroso parecido con el rey solo pensé que podrías sernos útil en algún desfile o, lo confieso, en alguna situación donde la vida del monarca corriese peligro. Como ves, te estoy hablando con absoluta franqueza —prosiguió Giuliano Manfredi, a quien se veía ahora paternal y relajado—. Lo que nunca llegué a imaginar es que tu presencia iba a resultar decisiva para el imperio.

—No sé qué decir.

—Mejor, porque ahora mismo lo que te corresponde es escuchar. A nadie en la corte se le escapa que, por el momento, Félix no está en condiciones de gobernar, y el rumor se va extendiendo. Tal vez el único que hoy por hoy no lo sabe es el propio rey. Confiamos en que se reponga lo antes posible de este... ataque de melancolía, pero mientras tanto las cuestiones de Estado deben seguir su curso y ahí es donde entras tú. Lo primero que tienes que hacer es aprender a imitar a la perfección su firma —añadió mientras me tendía una de las hojas y señalaba la parte inferior—. Ahí está. Practica hasta que te sangren los dedos.

—Sí, señor.

Guardé la hoja entre mis ropas, y ya iniciaba el ademán de incorporarme cuando el duque Manfredi me devolvió al asiento con un movimiento de su índice.

—Dos cosas más. Su majestad ha decretado que las reuniones del consejo de Estado tengan lugar al caer la noche... Bien, así se lo haremos creer y para ello he nombrado a cinco consejeros de mi confianza, seis incluyéndome yo, que en ese tiempo fingiremos debatir leyes, decidir gastos y acordar estrategias diplomáticas. Pero en verdad las reuniones del auténtico consejo de Estado, así como las audiencias con embajadores y gobernadores provinciales, se celebrarán por la mañana y en tu presencia. Por supuesto, serás informado previamente de cuáles han de ser tus decisiones –añadió al descubrir que aquella perspectiva me llenaba de espanto.

–Lo que ordene, señor –dije, procurando que el temblor de la voz no delatase mi nerviosismo.

–Para facilitar esa tarea y mantener el engaño lejos de la curiosidad de los cortesanos, he ordenado que construyan un pasadizo secreto entre la sala del trono y una habitación a la que te trasladarás tan pronto como esté terminado, algo que ya habría ocurrido si el rey no se empeñase en permanecer toda la noche despierto... En fin, no te preocupes mucho, ya sabes que Santiago y Tomás estarán siempre cerca para indicarte lo que debes hacer.

–Muy bien, señor.

El lector sacudió la cabeza como si de ese modo pudiese desprenderse de la idea que acababa de invadir su cabeza. En su cuaderno de notas apuntó el compromiso de localizar aquel pasadizo antes de que fuese clausurado.

Cuando ya estaba en pie, Giuliano Manfredi volvió a detenerme con una mano mientras con la otra rebuscaba en uno de los cajones de su escritorio.

–¡Ah! Casi olvido un último detalle –dijo mientras me ofrecía un pliego enrollado y envuelto con una cinta de seda roja–. Es tu título nobiliario. A partir de ahora eres el conde Ignacio Guido de Feronte-Bondoror, así no queda en entredicho tu parentesco con el rey. ¿Satisfecho?

–Es un inmenso honor.

–Y así debes llevarlo. Buena suerte, señor conde, la va a necesitar.

Una vez que Santiago Sigüenza, más amable de lo habitual, me dejó a solas en mi habitación, toda la compostura que había mantenido durante la entrevista se deshizo como una vela sobre las ascuas de mis negros presentimientos. Arrojé sobre la cama mi título de noble, y sobre él las nobles prendas que me cubrían para enfrentar la imagen del espejo como vine al mundo. Estaba convencido de que si alguna verdad era posible encontrar, solo allí la vería. Y lo que vi fue a un pobre diablo indefenso atrapado en su ratonera de oro.

Aquel título de conde era el pago por la misión que me aguardaba, y no estaba exenta de riesgos, pues, aun contando con el apoyo de la persona más importante del imperio, yo no dejaba de ser un impostor que suplantaba al verdadero rey. Una cosa era sustituirlo en un desfile con su consentimiento y otra bien distinta firmar en su nombre documentos oficiales. Mi conocimiento de las leyes no era muy amplio, pero suficiente para saber cuál era el castigo por un delito semejante, y lo que hasta entonces había descubierto sobre el género humano me permitía sospechar dónde quedaría la protección de Giuliano Manfredi y los hermanos Sigüenza si aquel engaño salía a la luz.

Durante algunas jornadas nada nuevo sucedió, si exceptuamos que Félix I sumó a su enemistad con el Sol el convencimiento de que un fantasma enviado por el astro habitaba en palacio. A partir de ese momento era frecuente encontrarlo por la noche en camisón, atravesando el aire con su espada mientras maldecía en todas las lenguas conocidas. Supongo que esa nueva extravagancia aceleró las obras del pasadizo, porque, tres o cuatro días después de los primeros combates contra el espectro, Tomás me comunicó que mi nueva habitación estaba lista y que había dado orden de que trasladasen allí todas mis pertenencias.

Se trataba de una pieza bastante más grande y lujosa que la anterior. La cama tenía un dosel con sedas transparentes, la chimenea estaba construida en mármol con incrustaciones de alabastro, la mesa era un amplio escritorio fabricado en caoba y, en lugar del arcón, tenía un armario de madera de nogal con espejos ocultos detrás de cada puerta para colgar mi ropa.

—Veo que aún recuerdas bien tu oficio —comentó cuando le hablé de la calidad de los materiales.

—Crecí almorzando leche con serrín. Eso no se olvida.

Desplazó una cortina y me señaló, al lado de la jofaina, un orinal incrustado en una silla de madera.

—¿Alguna vez pensaste que harías tus necesidades cómodamente sentado?

—Impresionante —fue lo único que acerté a decir mientras contemplaba aquel admirable artilugio.

—Pues aún hay algo mejor. Mira, ¿te gusta?

Descorrió los otros cortinajes azules de terciopelo y ante nuestros ojos apareció una panorámica deslumbrante de los jardines de palacio.

—Preciosas vistas —admití, sin confesar que echaría de menos el viejo ventanuco con el que compartí tantas confidencias.

—Y por último... ¡El tesoro oculto! Acércate —me llamó con entusiasmo desde la chimenea—. Presiona esta moldura —pidió mientras señalaba una de las incrustaciones de alabastro.

Obedecí y, al instante, una porción del muro situado detrás de Tomás giró hasta descubrir una oquedad por la que sin dificultad cabía un cuerpo. Lo más desconcertante era que al desplazarse no había producido el menor ruido.

Pasmado por aquel prodigio, tardé en advertir que Tomás ya se había introducido y desde allí me reclamaba con una antorcha en la mano.

—¿Es este el pasadizo del que me habló el duque Manfredi? —pregunté cuando llegué a su lado.

—Si ejerciendo de monarca demuestras la misma inteligencia, me temo que el imperio se hundirá en cuatro días.

—Bien, entonces dejemos a Félix hacer su trabajo y no perdamos tiempo.

Tal vez por causa de los nervios nos venció un ataque de risa que casi da con nuestros cuerpos en el suelo. Cuando logramos recuperarnos seguí la antorcha de Tomás, que iluminó un pasillo angosto, de la anchura de un hombre con el brazo extendido. Hacia la mitad había un espejo flanqueado por dos enormes cirios y debajo media docena de velas, una de las cuales estaba encendida. A cada lado, una fila de sillas sobre las que reposaban los disfraces de Félix I y Guido de Bondoror.

—Así podrás convertirte con rapidez en uno u otro según sea conveniente —me explicó Tomás de manera bastante innecesaria—. Eso sí, acuérdate de dejar siempre una vela encendida o tendrás que realizar la operación a oscuras.

—Lo tendré en cuenta.

Al final del pasadizo nos topamos con una puerta que se extendía entre una pared y otra. Tomás buscó entonces mi mano y depositó en ella algo pesado y frío.

—Desde dentro solo puede abrirse con esa llave, y el
duque ha insistido mucho en que es la única que existe, así que cuídala como a tu propia vida. Vamos, pruébala —me apremió mientras iluminaba la cerradura.

Igual que había sucedido con el panel de mi nueva habitación, la puerta se abrió con el más absoluto sigilo, pero al otro lado nada se distinguía hasta que Tomás echó a un lado la tela que ocultaba la entrada. Nos encontrábamos justo detrás del trono.

–¿Y para regresar al pasadizo? –pregunté, al observar que aquel lado de la puerta era un tablero labrado con figuras de animales en el que a primera vista no se distinguía ninguna cerradura.

Por toda respuesta, Tomás desplazó a un lado la cabeza de una golondrina y descubrió el espacio exacto para que entrase la llave. Al retirar su mano, el relieve volvió a su lugar de manera tan rápida como silenciosa.

–¿Qué te parece?

–Increíble –admití–. Pero... ¿podemos confiar en los operarios que han construido todo esto?

–Son zapadores del ejército; se dejarían arrancar los ojos antes que traicionar al duque. Lo mismo que haría cualquier persona en su sano juicio –añadió, mirándome con intensidad para que captase la advertencia.

–Ese mensaje ya estaba entendido, Tomás, desde el primer día.

Simulaba una confianza que estaba muy lejos de sentir, pero de un tiempo a esa parte la simulación se estaba convirtiendo en lo más estable de mi vida. Tomás sonrió satisfecho ante mi respuesta y con un gesto me invitó a descabezar la golondrina para introducir la llave. Realicé la maniobra con suma facilidad, maravillado una vez más de que todos los portentos mecánicos realizasen su función sin levantar el mínimo sonido. Cerré la puerta desde el interior del pasadizo y desandamos nuestros pasos a la luz de la antorcha.

—Desde este lado el panel no tiene ningún sistema extraño de apertura. Un suave empujón y ya está; después vuelve por sí mismo a la posición inicial. El motivo es que desde aquí solo puedes acceder tú.

—Tiene sentido.

Mientras nuestros ojos se acostumbraban a la claridad del ventanal que iluminaba mi nueva habitación, Tomás apagó la antorcha sobre el suelo de la chimenea.

—¿Tienes alguna duda, alguna pregunta?

—¿Cuándo sabré lo que debo decir en las reuniones?

—Mi hermano o yo vendremos cada mañana a la salida del sol para prepararlas contigo, por eso no has de inquietarte... ¿Algo más?

—Creo que no —dije después de pensarlo un instante.

—Perfecto. Pues descanse esta tarde, señor conde, mañana tiene que presidir el consejo de Estado... ¡Qué suerte!

Hasta la hora de la comida tracé sin desmayo una vez y otra la rúbrica real, tarea de la que solo descansaba para reproducir ante el espejo los gestos de Félix que al día siguiente debía representar ante los más altos dignatarios del imperio. Por la tarde salí a cabalgar con Lucas, quien gracias a su perpetuo silencio me permitió extraviarme en mis cavilaciones para concluir que, si esa era mi suerte, yo la maldecía.

La primera de aquellas jornadas ejerciendo de rey efectivo resultó ser el inicio de una larga serie de días que comenzaban de la misma paradójica manera: en cuanto amanecía, para no cruzarse con su enemigo, el verdadero rey se retiraba a sus aposentos después de haber pasado la noche debatiendo falsos asuntos de gobierno con un puñado de actores. En ese preciso instante, uno de los Sigüenza de Soto llegaba a la habitación de otro actor, es decir, yo, para disponer la agenda de las auténticas reuniones de Estado. La corte se había convertido en un teatro, y yo, consciente de que me iba la vida en ello, preparaba con esmero mi papel. Me decían a quién iba a recibir, lo que era preciso decir y cómo hacerlo. En general, debía mostrarme severo con los gobernadores de las provincias, cordial pero inflexible con los embajadores, siempre atento con los miembros del consejo, distante en los banquetes y enérgico con los criados. Esto último incluía también a Socorro, que entrecerraba los ojos y me devolvía una de sus tiernas miradas de agua cada vez que yo me dirigía a ella con la mueca secreta que habíamos acordado para que me reconociera. Terminadas las audiencias, en nombre de mi gemelo firmaba toda clase de leyes, decretos y ordenanzas sin leer una sola hoja.

Quien envidia la vida de un rey no sabe lo que hace. A mí me suponía un esfuerzo tedioso y agotador, sobre todo porque mi interés por la política no había aumentado; al contrario, me resultaba más detestable cuanto más la conocía. El único aliciente que supe encontrar para no sucumbir al asco fue ir mejorando cada día mi versión de Félix I, y esto trajo la desagradable contrapartida de que en no pocas ocasiones, estando solo, me sorprendía componiendo sus gestos.

Mentiría si escribiese que ninguna ventura trajeron aquellos días, pues cuando el rey abandonaba su cuarto al ponerse el sol, el palacio se revolucionaba de tal manera que Socorro y yo conseguíamos escabullirnos para estar juntos sin que nadie se ocupase de nosotros. Contábamos además con la ventaja de que, si alguien llegaba de improviso, ella podía ocultarse en el pasadizo, cuya existencia le produjo tanto asombro como preocupación.

–¿El rey sabe esto?

–Creo que no. Ha sido idea del duque.

–Ignacio, ¿tú eres consciente del riesgo que corres? –me preguntó con el tono que emplearía una madre para reñir a su hijo alocado.

–Supongo que sí, pero no tengo elección.

–Eso mismo le puedes decir al verdugo antes de que te corte la cabeza. A lo mejor se apiada de ti. ¿Crees que lo hará?

–Te quiero mucho, Socorro. Eres lo único que tengo –respondí tomándola por la cintura.

–Con todas las caras que hay en el mundo, ¿por qué tuviste que nacer con la misma que el rey?

–No todo es negativo. El duque me ha concedido una asignación de cinco mil reales. ¿Por qué no le llevas algo de dinero a tu familia?

Fui hasta el armario y reuní tantas monedas como me cabían en las dos manos, pero cuando me volví para entregárselas Socorro ya se había marchado.

A partir de ese día los encuentros se volvieron más tristes. El presente se había vuelto tan poderoso que dejamos de hablar del futuro, único espacio donde nuestra felicidad era posible, como si nos sintiéramos miserables pensando en nosotros mismos durante aquellos tiempos tan inciertos. Además, sobre mi conciencia pesaba la culpa de ocultarle que había recibido el título de conde, ya que confesarlo implicaba aceptar que ese futuro nuestro no podría existir jamás. Por su parte, Socorro se mostraba cada día más cabizbaja y ausente, aunque no se quejaba, más bien me hacía saber su orgullo por ser la única que besaba a quien todos tenían por un rey. Para romper esas distancias que cada vez con más frecuencia nos invadían, yo acariciaba su mano o buscaba cualquier tema de conversación. Recuerdo que una noche se me ocurrió preguntarle por los hijos de Félix.

–Pobres criaturas. Huérfanos del todo han quedado con el rey sin juicio. Francisco tiene un año y de nada se entera, pero Leopoldo ya cumplió seis y al muchacho se le ve bastante confundido. Aunque no te vayas a creer, como apenas veía a su madre tampoco la echa demasiado de menos.

Precisamente con Leopoldo tuvo lugar uno de los sucesos que no sé si calificar como el más agradable o el más triste de esa amarga temporada. Yo seguía en el salón del trono firmando legajos cuando el niño consiguió burlar la vigilancia de la guardia y, confundiéndome con su padre, se arrojó a mis brazos. Corrió Santiago a retirarlo, pero yo le contuve levantando la mano y, puesto que estaban presentes dos consejeros, no tuvo más remedio que obedecerme con una reverencia que me supo a gloria.

–¿Cómo va esa vida, muchachote? –pregunté al crío, que me miraba con ojos húmedos.

–Supongo que bien, señor.

–Me alegra oír eso. Dime, ¿ya sabes leer y escribir?

–Sí, señor. Aunque a veces don Sebastián me regaña porque dice que hago muchos borrones con la pluma.

–No te preocupes, eso se arregla con la práctica. Y montar a caballo, ¿qué tal se te da?

–Muy bien, señor.

–Eso lo tendrás que demostrar, jovenzuelo. ¿Te apetece que salgamos a cabalgar juntos un rato?

El gesto de espanto que se dibujó en el rostro de Santiago me hizo dudar de la conveniencia de mi propuesta, pero en todo caso ya era tarde para retirarla, porque el príncipe Leopoldo había mudado su semblante triste por una sonrisa tan grande que parecía escapar por ambos lados de su cara diminuta.

—¿En serio?

—Pues claro. ¿Desde cuándo un rey miente? —le pregunté sin caer en la cuenta del inmenso disparate que encerraban mis palabras.

—Nunca, señor.

—Entonces, trato hecho. Si no tienes inconveniente, puede ser esta misma tarde —dije mientras le alborotaba el pelo.

Cuando quedamos a solas, Santiago me dedicó una mirada fulminante al tiempo que me amenazaba con su dedo índice. Supe que de buena gana en aquel instante me hubiese golpeado.

—Pero ¿tú te has vuelto loco o en qué diablos estabas pensando? —gritó—. ¿Cómo se te ocurre invitar al príncipe a cabalgar?

—No veo qué hay de malo en ello. Es un niño muy triste, ¿no te parece?

—Da igual lo que a mí me parezca. Lo que importa es lo que le parezca al rey si llega a enterarse de que su primogénito sale a montar a caballo con alguien que se hace pasar por él. Y es bien seguro que va a enterarse, porque el príncipe no tardará en contárselo.

—Teniendo en cuenta cómo funciona su cabeza últimamente, creerá que lo ha hecho y lo ha olvidado. Puede que incluso se sienta muy orgulloso.

—Es la última vez que te tomas una libertad semejante, Ignacio, te lo advierto... Iré con vosotros, por nada del mundo quiero que le ocurra algo al futuro rey.

Para no levantar ninguna extrañeza en el príncipe, monté el caballo del rey y observé que, al pasar junto a Sombra, mi noble animal giraba el cuello, tal vez confuso por el desacuerdo entre la información que recibían su vista y su olfato. Pese a los temores de Santiago nada extraño sucedió, excepto que aquel niño inseguro, apocado y sensible fue dichoso por compartir aquel momento, tal vez el primero de su vida, con quien él creía su padre.

Aquellos sofocantes días de pasadizo y audiencias se prolongaron más de dos años y fueron terminando a medida que la salud mental del rey mejoraba. Seguía sin llevarse bien con el Sol y, allí donde se encontrase, las cortinas debían estar echadas y contar por toda luz con las llamas de unas pocas velas; sin embargo, ya dormía por la noche en lugar de hacerlo durante el día y había dejado de ensartar fantasmas con su espada. Imagino que a nadie sorprenderá saber que el responsable de esta recuperación, que con mucha ingenuidad creímos definitiva, fue el duque Giuliano Manfredi. En su Italia natal encontró a una joven aristócrata joven y esbelta, aunque no muy hermosa por causa de las huellas que en su cara había dejado la viruela que sufrió de niña, con el propósito de convertirla en la nueva esposa de Félix I.

Permita el lector que por el momento me abstenga de hablar de ella y, para que entienda mis motivos, un solo dato le ofrezco: esa mujer me haría echar de menos durante muchos años a Ana Teresa Amalia de Cerdeña, quien se limitaba a despreciarme.

Una alimaña en palacio

Clara pasó la mañana del jueves con el humor de una hiena acosada por un enjambre de avispas. Como ocurría siempre ese maldito día de la semana, las visitas guiadas para grupos convertían su trabajo en un suplicio. No hubiera sabido precisar si le incomodaban más los gritos y correcalles de los estudiantes o la impertinente morosidad de los ancianos, que sin el menor respeto se plantaban delante de su cuadro para comentarlo como si ella no estuviese allí. Al menos media docena de veces se vio obligada a recolocar el caballete en la posición original, otras tantas necesitó amenazar a las avispas con el pincel embadurnado de rojo para conservar su espacio, e incluso tuvo que espantar a un abuelo que parecía estar hurgando en su bolso.

Por si aquello no hubiera sido suficiente, cuando ya se disponía a salir del museo apareció de la nada el director sin nombre, que al fin resultó llamarse Rafael, para preguntarle cómo marchaban las investigaciones de su novio.

—Ayer no pudo ir por motivos familiares, pero me dijo que hoy tenía pensado acercarse.

—Magnífico, magnífico —repitió batiendo el aire con sus manos—. He estado dándole algunas vueltas y estoy convencido de que, si lo gestionamos bien, a este asunto se le puede sacar mucho partido mediático. Así que no te olvides de mantenerme informado, ¿de acuerdo?

—Por supuesto, Rafael.

El director le devolvió una sonrisa de máscara antes de continuar su camino con aquellos curiosos pasos que parecían no tocar nunca el suelo. Tal vez la causa fuese la jornada tan desquiciante que había sufrido, pero ese sujeto con cara de niño, palabras de adulto y ropa de viejo tenía la extraña virtud de alterar su sistema nervioso.

Su estado de ánimo no era el mejor de los posibles cuando vio a Quique esperándola junto al coche. Quizá por eso esperaba que el tierno beso de cada tarde tuviese la virtud de curar sus pequeñas heridas; sin embargo, lo encontró taciturno, ausente, poco interesado en las anécdotas que ella le iba contando mientras él conducía. Esa actitud provocó que también Clara optase por guardar silencio hasta que, sentados ya en la terraza frente a un plato de patatas fritas, necesitó sacar de dentro su fastidio para dejar hueco al aperitivo.

—He tenido un día asqueroso y cuando pensé que no podía empeorar, te encuentro más callado que una estatua. ¿Se puede saber qué te ocurre?

—Lo siento, cariño. Es solo que mi día en la Biblioteca Nacional no ha sido mejor que el tuyo —respondió Quique antes de acariciar su mejilla.

Como si con aquel movimiento él hubiera deshecho un nudo dentro de su cabeza, Clara expulsó el aire y tomó la primera patata.

—¿Qué ha pasado? ¿Te han puesto problemas?

—Al principio, ninguno. Resulta que mi carné era muy válido y la señorita muy amable... hasta que le dije cuál era el tema de mi investigación. En realidad, hasta que consultó su ordenador. No sé qué cosa rara veía en la pantalla, pero te aseguro que le cambió la cara. Se puso pálida debajo del kilo de maquillaje que llevaba, empezó a tartamudear y a inventarse las excusas más extrañas para no dejarme pasar, que si varios libros sobre los primeros años de la dinastía Bondoror no estaban en préstamo por culpa de su estado, que si mi carné no era el reglamentario para cierto tipo de consultas... Mentía fatal.

—¿Y entonces? —le apremió Clara intrigada.

—Cuando ya no encontró más tonterías que decir me dijo que esperase y se metió en uno de los despachos. Más de media hora me tuvo allí tirado, luego salió un fulano muy repeinado y elegante para decirme que se trataba de un malentendido por parte de la bibliotecaria debido a que, en efecto, algunos volúmenes de esa época estaban restaurándose desde hacía algunos meses —continuó Quique imitando el tono impostado que debía usar aquel sujeto—. El tipo mentía bastante mejor, pero a mí no me la dan. Estoy convencido de que algo les molestaba.

—¿El qué? No entiendo nada.

—Pues ya somos dos.

—¿Y después?

—Me llevaron a una sala donde no había nadie más y fueron ellos mismos quienes me trajeron los libros.

–Bueno...

–¿Bueno? Los muy cretinos me llenaron la mesa con diarios de sesiones del consejo de Estado, tratados diplomáticos y sentencias judiciales. Además de esas tonterías administrativas, solo había crónicas de la época sobre el rey en las que no encontré nada que no supiéramos por internet... Salvo una cosa.

–¿Qué?

–En una de esas crónicas el autor dejaba caer la posibilidad de que la muerte de Leopoldo V poco después de llegar al trono no fuese casual, sino que lo hubiese envenenado Irene de Frómista.

–¿La segunda esposa de Félix I?

–Exacto. ¡Ah!, y otro detalle curioso. En esa misma crónica faltaban ocho páginas. Alguien las había arrancado.

–¿Sobre qué?

–Buena pregunta. No pude averiguarlo porque precisamente era un capítulo completo y la crónica no tenía índice.

Quique tomó un puñado de patatas y las fue masticando como si rumiara turbios pensamientos.

–Lo mejor será no darle tanta importancia –dijo Clara, a quien la obsesión de su novio estaba empezando a preocupar–. Se lo comenté al director de la muestra y me respondió que era ridículo pensar que Félix I podía tener un doble para que posara por él en los retratos.

–O tal vez una de sus muchas manías era no posar y los pintores debían representarlo de memoria. No tengo ni idea, Clara, pero encuentro algo podrido en esta historia, algo que... no huele natural.

–¿Y si nos olvidamos, Quique? ¿Qué nos importa a nosotros si a Félix I lo pintaban de memoria o le cambiaba la cara cuando sufría esos trastornos de la personalidad? Si seguimos así vamos a parecernos a él, buscando fantasmas de noche por el palacio.

—Quizá no tenga ninguna importancia, pero como estos días no tengo otra cosa mejor que hacer y me molesta muchísimo que me tomen el pelo, estoy dispuesto a llegar hasta el final. Si al final no hay nada, te aseguro que seré el primero en admitir que me he pasado de listo.

Clara advirtió en los ojos azules de Quique esa determinación que le llevaba a no darse nunca por vencido. Supo que le quería también por eso y se lo demostró acariciando su mano.

—Tengo hambre. ¿Te importa acompañarme a la cocina mientras preparo algo y me cuentas tus planes, señor agente especial al servicio de su majestad?

—Lo primero es volver mañana a consultar esa crónica que encontré demasiado tarde —dijo Quique mientras cortaba queso y aliñaba la ensalada—. Quizá no descubra nada nuevo, pero al menos los pondré nerviosos.

—Si te levanta el ánimo, te diré que conmigo ya lo estás consiguiendo.

Durante la cena lograron olvidarse por un rato de Félix I y decidieron que el fin de semana quedarían con los amigos del barrio; julio estaba terminando y varios de ellos volvían o se marchaban de vacaciones.

—Creo que será mejor no decirles nada de todo esto o pensarán que nos hemos vuelto locos —propuso Quique.

—Estoy de acuerdo... Oye, esta noche no te separes de tu móvil, por favor. Me tranquiliza mucho pensar que en cualquier momento puedo encontrarte al otro lado de la pantalla.

—Dormiré con él entre los dientes, no te preocupes.

—Por cierto —dijo ella—. Yo voy a enchufar el mío ahora mismo, porque cada vez la batería le dura menos.

Quique apuraba los últimos restos de ensalada cuando el grito de Clara le provocó tal sobresalto que el tenedor salió volando por los aires.

—¿Pero qué demonios pasa?

El rostro de la joven estaba descompuesto y en las manos sostenía un papel.

—Acabo de encontrar esto en mi bolso.

—¿Lo habías perdido?

—No es mío, bobo. Lee.

Clara le ofreció una cuartilla que parecía arrancada de un bloc o una agenda, escrita a mano con una caligrafía diminuta y esmerada.

Señorita, alabo su buen criterio al eliminar mi mensaje de su blog, así como su extraordinario talento pictórico, que hoy he tenido el placer de disfrutar personalmente en el museo. Fue una feliz circunstancia que aproveché para dejar en su bolso este papel.

El fin es aconsejarle que tenga mucho cuidado con lo que busca. Hace tiempo también yo lo hice y por eso sé de lo que hablo. Borre esa pregunta de su blog o, mejor aún, elimine su página de la red por completo antes de que sea tarde.

Soy consciente de que no tiene ningún motivo para hacerme caso, pero menos tengo yo para correr el riesgo que supone hacer esto, y ya ve... Créame, señorita, Félix I de Bondoror no es el mejor de los temas para apartarse de la historia oficial.

Atentamente.

A. L.

Cuando terminó de leer, Quique levantó los ojos hacia su novia, que, con los brazos en jarras, a su vez le miraba sin pestañear.

—¿Me puedes explicar qué está pasando? Porque esto no me gusta un pelo.

—No lo sé, Clara, pero creo que es mejor que le hagas caso —dijo Quique con el papel arrugado entre los dedos.

—¿En serio me estás pidiendo que cierre mi blog?

—Hazle caso —repitió Quique.

Clara conectó el ordenador, pero no fue necesario que cerrara su página en internet. Ya no existía. Ni pudieron encontrar el menor rastro de que hubiera existido jamás.

Solo ahora, después de haber esquivado a los energúmenos que no cesan de importunarme con sus absurdas urgencias y de poner título a este nuevo capítulo de mi vida, me atrevo a escribir sin reparos el nombre de Irene de Frómista.

La conocí en persona el día del anuncio oficial de su compromiso con el rey, cuando fui presentado ante ella como el conde Ignacio Guido de Feronte-Bondoror. Nada tuvo eso de extraño, pues aquella se había convertido ya en mi auténtica naturaleza cuando no ejercía de monarca. Lo que en verdad resultó extraordinario fue el impacto de hielo que me dejó por dentro la mirada de sus ojos negros durante el breve instante que duró el besamanos. No sé si alguien más sintió lo mismo, pero yo tuve la impresión de que no parecía ella la agasajada por desposarse con un rey, sino todos los demás por contar con su presencia. Y eso que no era hermosa, lo juro. Hubieran sido necesarias cien... ¿qué digo?, mil docenas de Irenes para sumar la belleza de Socorro.

La llegada de Irene de Frómista trajo dos consecuencias inmediatas a nuestras vidas. La primera, y más negativa, es que cada vez veía menos a mi dulce criada de ojos verdes. Los preparativos de la boda habían alterado todas las rutinas de palacio, pues se esperaba la presencia de lo más selecto de la aristocracia europea y, en las contadas ocasiones que Socorro encontraba para visitarme, era frecuente que se quedase dormida sobre mi regazo en mitad de una conversación. La segunda es que Félix I empezó a mostrar claros síntomas de mejoría y, si bien no había firmado la paz definitiva con el Sol, ya dormía algunas noches y había accedido a bañarse una vez por semana. Gracias a esto, mis sustituciones quedaron reducidas a los asuntos en verdad importantes, aquellos en los que no podía permitirse que un rey apareciera en camisón o saltase de improviso sobre la mesa convencido de haberse transformado en una rana. No resulta exagerado decir que durante aquellos días era yo, guiado siempre por el duque Giuliano Manfredi, quien dirigía el imperio mientras Félix I se ocupaba tan solo de las cuestiones cotidianas.

Recuerdo que un problema en concreto robaba por entonces el sueño al despierto duque: los austriacos habían reforzado sus guarniciones militares junto a las fronteras de nuestras provincias en el sur de Italia y, aunque no se había producido ningún enfrentamiento, las relaciones entre los dos Estados eran más tensas cada día. Disculpe el lector si he olvidado mencionar que el hijo del carpintero Ignacio

Feronte ya no se limitaba únicamente a reproducir como actor el papel que otros le escribían, sino que Giuliano Manfredi había decidido añadirlo al grupo de sus asesores de confianza junto a los hermanos Sigüenza de Soto, y, aunque él nada asesoraba, ponía en los asuntos de gobierno tanto interés como empeño en olvidarlos en cuanto abandonaba aquellas reuniones. Ya fuese por ese motivo, por el tiempo pasado juntos o por mi título nobiliario, Tomás y Santiago habían dejado de tratarme como a un aprendiz para dispensarme el trato que se da a un igual. Tomás ya no me derrotaba en los ejercicios de esgrima con la facilidad de antaño y Santiago no dejaba de apreciar mis comentarios sobre los libros que me hacía leer. Después de tanto tiempo, durante aquellos luminosos días de la primavera en la que cumplí veintiséis años, me pareció haber encontrado al fin mi lugar en el mundo, aunque con más frecuencia de la deseada aquel fuese el lugar de otro. Solo la compañía de Socorro faltaba para que mi dicha fuese completa.

Cuando me encontraba libre de obligaciones, mi distracción favorita seguía siendo cabalgar junto a Lucas por un perímetro cada vez más amplio: tras los jardines, el bosque y, más allá, la campiña. Hasta que me atreví a visitar la capital con mi porte de aristócrata y flanqueado por mi escudero, a quien no fue necesario advertir que esas escapadas debían quedar en secreto.

Recuperé el olvidado placer de moverme por las calles con la libertad de un hombre corriente, pero sufrí a cambio la decepción de contemplar una suciedad y una miseria difíciles de imaginar desde la confortable vida en palacio. Un enjambre de mendigos me seguía allá donde me dirigiese a pesar de los esfuerzos de Lucas por ahuyentarlos y, aunque movido por la compasión alguna vez les ofrecía limosnas, en otras me vi forzado a desenvainar la espada.

Disculpe el lector estas erráticas evocaciones de un anciano melancólico y permítame retomar el hilo allí donde lo interrumpí, esto es, en el enlace de Félix I de Bondoror con Irene de Frómista.

Las jornadas previas a la ceremonia resultaron frenéticas y agotadoras. Día tras día, el palacio se fue poblando de reyes, reinas, príncipes, princesas, duquesas y archiduques de toda edad; el patio de coches, de carruajes suntuosos; los establos, de alazanes y palafreneros; la Casa de Damas, de doncellas y asistentas; la Casa de Oficios, de lacayos y mayordomos. Estaba allí congregada la aristocracia más excelsa de toda Europa, excepto de Austria, lo cual Giuliano Manfredi interpretó como un pésimo augurio. Tan numerosa iba siendo la concurrencia que me sentí en el compromiso de poner mi cuarto a disposición de las necesidades de alojamiento.

—Pero ¿qué dices, hombre? —replicó Tomás como si mi ofrecimiento resultara ofensivo—. Eres conde y primo del rey. Además, nunca podemos saber en qué momento tu presencia va a ser necesaria.

—Yo solo pretendía...

—Por otra parte, el palacio tiene seiscientas doce habitaciones. No sea provinciano, señor conde.

Juro que lo intentaba, pero era imposible aquellos días moverse por el palacio o pasear por los jardines sin cruzarse con reales altezas que, a pesar de mi aspecto distinguido, me miraban como si fuera transparente. Llevaba años viviendo entre lo más notable del reino, había recibido clases de protocolo, y con mucha frecuencia era más rey que el propio rey; sin embargo, parecían existir entre ellos unas claves secretas imposibles de aprender para quien nació entre astillas y clavos en lugar de plumas.

Como apenas podía ver a Socorro, desbordada de ocupaciones, terminé por refugiarme en la soledad de mi alcoba, donde el destino quiso que llegase a mis manos el libro escrito por un lisiado en la batalla de Lepanto que despertó en mí para siempre un inmenso amor por la lectura. *El ingenioso hidalgo Don Quijote de la Mancha*, se titulaba. Las andanzas de aquel caballero de juicio trastornado me cautivaron tanto que solo me apartaba de la lectura para acudir por obligación a los desmedidos banquetes que, a la hora del almuerzo y de la cena, se organizaban en honor de los ilustres prometidos. Allí, sentado siempre entre Tomás y Santiago, el primero no cesaba de indicarme cuáles de aquellas doncellas podrían convenirme por razón de su rango y fortuna. Yo fingía observarlas, pero en realidad mis pupilas recorrían los salones solo en busca de mi criada favorita.

Quien menos parecía estar disfrutando en aquella pomposa algarabía de sedas, joyas y faisanes era precisamente el responsable. Consciente del papel decisivo que yo podía desempeñar, Giuliano Manfredi había empezado a tratar a solas conmigo los detalles de la posible guerra con Austria y, de vez en cuando, su máscara de militar inflexible se resquebrajaba para mostrar al hombre que se ocultaba debajo.

—Este derroche es intolerable —se lamentaba—. Estamos en vísperas de una guerra y las arcas del reino se están quedando tan vacías como la sesera de quien debe dirigirlo.

Aunque no hubiese nadie presente, tanto los hermanos Sigüenza como Manfredi bajaban el tono cuando criticaban a su majestad.

—¿Sabemos algo del embajador de Austria? —le pregunté. Yo mismo (entienda el lector que es una forma de hablar, pues hacía mucho tiempo que dejé de ser yo mismo) había pedido en audiencia explicaciones a aquel diplomático altanero con el encargo de que se las trasladara a su emperador.

El duque negó con la cabeza.

—No tienen prisa, el tiempo corre a su favor. Nos dirán que se trata de simples maniobras militares, pero lo cierto es que los austriacos desarrollan estrategias mientras nosotros nos dedicamos a llenar el buche con asados y vino.

—Ya controlan todo el sur de la península, no sé qué interés pueden tener en las tres pequeñas provincias que nos quedan.

—¿Qué interés? Yo te lo diré, Ignacio. Temen que las usemos como puerta para reconquistar unas tierras que por derecho histórico nos pertenecen, y tal vez deberíamos hacerlo, pero... ¿cómo vamos a intentarlo en estas condiciones? ¡Qué lástima!, parecía tan joven y tan capaz cuando llegó al trono... —se quejaba con amargura.

Pasadas las nupcias, a las que el pueblo acudió de manera mucho menos numerosa y emotiva que al entierro de Ana Teresa, Irene de Frómista, convertida ya en reina, fue desvelando de manera lenta pero implacable su verdadero rostro, tan poco hermoso por dentro como por fuera. En idéntica medida iba desvelando Félix I el suyo, cada vez menos joven y menos capaz.

Igual que la planta de bambú –obsequio del embajador de China– crecía sin control por los jardines invadiendo poco a poco espacios nuevos, Irene de Frómista se aplicó a colonizar sin tregua la vida del palacio. Para lograrlo hundió las raíces en su poderoso y trastornado marido, a quien, sin importarle la circunstancia o la compañía, dedicaba el mismo trato que se ofrece a un niño imbécil. Según supe por Socorro, en privado despreciaba al príncipe Leopoldo y ni siquiera se molestaba en mirar al pequeño Francisco, que seguían atendidos por nodrizas tras la muerte de su madre. Además, para desesperación de Giuliano Manfredi, la nueva reina dio orden de cambiar todos los cortinajes, manteles y sábanas del palacio, así como el horario y el régimen de las comidas.

Ya fuese por alguno de estos motivos, por todos ellos o por la añoranza de Ana Teresa, Félix de Bondoror recayó en sus comportamientos excéntricos. A viejos enemigos como el Sol, el jabón o el fantasma de palacio, sumó la obsesión de que pretendían envenenarlo a través de la ropa, motivo por el cual se negaba a estrenar ninguna prenda que antes no hubiera vestido su esposa. Las uñas de los pies le crecieron hasta una longitud tal que solo con mucha dificultad podía dar un paso y, en el momento más insospechado, trepaba de un salto a cualquier mueble, desde donde comenzaba a croar como una rana. Natural consecuencia de ese comportamiento es que mi trabajo como sustituto se volvió intenso y, de pronto, muy confuso.

–Para serte sincero, Tomás, ya no sé si debo imitar a un rey o a un loco –reconocí una tarde ante el más joven de los hermanos Sigüenza.

—La verdad es que yo tampoco lo sé. Mejor será que vayamos estudiando situación a situación, pero por si acaso aprende también a comportarte de ese modo —me contestó, mirando al suelo como un vasallo avergonzado de su señor.

Con todo, la decisión más incómoda de la reina fue su voluntad irrevocable de asistir a todas las audiencias reales. Para no contrariarla, decidió el duque que participase en los falsos consejos que organizaba para Félix I y durante algunos meses conseguimos mantener el engaño; sin embargo, si algo tenía aquella mujer a la altura de su ambición era la inteligencia, y acabó por descubrirnos.

Sucedió una mañana en la que yo despachaba con el embajador de Austria en presencia de Giuliano Manfredi. Irene de Frómista abrió de improviso la puerta de la sala del trono, la cerró tras ella exhibiendo una cólera infinita y con paso resuelto avanzó hacia mí.

—¿Acaso no he dejado suficientemente claro mi deseo de estar presente en las audiencias? —bramó—. Te he dicho mil veces que dos cabezas piensan mejor que una.

No quedaba la menor duda de que, a pesar de encontrarse a cinco pasos, me tomaba por su marido. Inmerso en el más absoluto desconcierto miré al duque, quien con un movimiento de mano me indicó que continuase en el papel. El embajador miraba a la reina con gesto de estupefacción y ella seguía sin apartar de mí unos ojos repletos de furia.

—Señor embajador, le ruego que disculpe a mi esposa. Tiene por costumbre vivir los asuntos de Estado con enorme pasión —continué como si en verdad fuese yo quien manejara las riendas de aquel ridículo momento—. Volviendo al asunto que nos ocupa, estoy convencido de que habéis entendido

129

la firmeza de nuestra posición respecto al delicado tema que tratábamos y solo espero que así se la hagáis llegar a su honorable emperador.

—No le quepa ninguna duda, majestad.

Antes de abandonar la sala con una reverencia, el embajador giró la cabeza para observar a la reina, tal vez porque su actitud huraña se había evaporado por completo tras oír mis palabras.

—¿Te encuentras bien, mi amor? Esta mañana parecías medio atontado y ahora, en cambio, te encuentro tan serio, tan seductor... —decía sin dejar de caminar hacia el trono.

Yo era incapaz de mover un solo músculo y no sé qué hubiera ocurrido si Giuliano Manfredi no la hubiese detenido justo cuando se disponía a incrustar sus labios contra los míos.

—Deténgase, majestad. Este hombre no es el rey.

—¿Qué estás diciendo, estúpido? ¿Acaso insinúas que no soy capaz de reconocer a mi marido?

—El duque no miente, majestad. Soy el conde Ignacio Guido de Feronte-Bondoror, y en determinadas circunstancias nos servimos de mi parecido con el rey para que no se resienta el gobierno del imperio cuando él sufre alguna de sus... crisis —dije, con un aplomo que solo podía deberse al hecho de estar sentado en un trono mientras hablaba.

Irene de Frómista me observó con todo detalle, luego hizo lo mismo con Giuliano Manfredi y por último desvió hacia el techo sus ojos antes de hablar.

—¿Cuánto tiempo hace que esto sucede?

—Año arriba, año abajo... tal vez nueve, majestad —respondió el duque.

—¿El rey lo sabe?

—Por supuesto. Fue informado y dio su autorización.

—Ponte en pie —ordenó la reina, y yo obedecí sin imaginar las veces que en el futuro tendría que volver a hacerlo—. Eres un poco más alto y tu rostro algo más afilado, pero desde luego la semejanza es pasmosa... ¿Quién más está al corriente de esto?

—Mis asesores personales, los hermanos Sigüenza de Soto, pero nada debe temer de su parte. Son completamente leales.

—Ya veo —dijo ella sin apartar de mí aquellos ojos negros, despiadados como lobos—. ¿Y puedo saber dónde se aloja, señor conde de Feronte?

—En la galería del primer piso —respondí.

—¿Puede ser más concreto?

—Al final del pasillo, majestad. En la habitación de la esquina cuyas ventanas se orientan hacia los jardines.

—Pues ya nos veremos. Que pasen un buen día.

—Lo mismo os deseo, majestad.

Irene de Frómista se despidió con una sonrisa muy poco tranquilizadora. Una vez a solas, Giuliano Manfredi y yo permanecimos largo rato en silencio.

—Lo que acaba de ocurrir no es bueno, ¿verdad, señor duque? —pregunté al fin.

—No, señor conde, me temo que no es bueno en absoluto. Y lo peor es que a nadie puedo culpar, puesto que fui yo mismo quien trajo a esa alimaña.

Esa noche Socorro vino a verme y, al contarle lo que había sucedido, reaccionó con el mayor de los espantos.

—No te fíes de esa mujer, Ignacio —me pidió con lágrimas en los ojos—. En cuanto tiene ocasión, ofende al rey y a sus hijos. Trata al servicio peor que si fuésemos animales, todo quiere tenerlo bajo su control y no duda en apartar de su camino aquello que no le sirve sin el menor remordimiento. Desde que llegó no he visto en ella un solo comportamiento generoso. Tanta maldad me asusta.

—No pudimos evitar que se enterase. De todos modos, recuerda que la otra reina también lo sabía.

—Ya, pero Ana Teresa solo era una niña malcriada, no una víbora.

—No te preocupes tanto, mi amor. Estoy seguro de que nada nos puede hacer daño mientras estemos juntos.

La tomé entre mis brazos con la intención de transmitirle confianza, pero a decir verdad ni yo mismo creía aquellas palabras.

—¿Qué más nos puede pasar, Ignacio?

No tenía la respuesta, aunque de haber sabido lo que el destino nos tenía dispuesto, con más razón hubiese callado igualmente.

El lector notó cómo en su interior una sorda irritación iba ganando espacio al miedo. Se trataba de esa cólera impotente que nos invade al ser testigos de una injusticia ante la que nada puede hacerse.

Un carpintero melancólico

Decir que el plan de Quique no resultó como esperaba sería una forma muy suave de describirlo. Más preciso sería decir que salió por completo al revés: en lugar de poner nerviosos a los funcionarios de la Biblioteca Nacional, fueron estos quienes acabaron por desquiciarle a él. A la vista estaba que, siguiendo una estrategia prevista de antemano, los funcionarios habían decidido modificar aquella confusión inicial por una amabilidad tan empalagosa como inútil, y se empeñaban en proporcionarle documentos burocráticos carentes del menor interés para su investigación. Así sucedió durante tres días consecutivos hasta que, cansado de perder el tiempo, dejó de ir. Todavía tuvo ánimos durante el resto de la semana para probar suerte en alguna biblioteca municipal, pero los resultados fueron tan desalentadores que al final se dio por vencido.

Clara, por su parte, había decidido terminar cuanto antes todos los retratos de Félix I previstos para la muestra y comenzaba los de Leopoldo V, mucho menos numerosos debido al escaso tiempo que este vivió para reinar.

Estas circunstancias fueron relajando el ímpetu detectivesco de la pareja para dejar paso a preocupaciones más naturales, como visitar a los amigos del barrio o darse un baño en la piscina antes de volver a casa. Cuando esto ocurría, Quique no se olvidaba nunca de extender la toalla de Clara en la mejor sombra ni de comprarle un helado de turrón. También, con el paso de los días y la fuerza de la juventud empezaron a asomar las primeras diferencias entre ellos: a Quique seguía sin gustarle, por estridente, el *rock* gótico que Clara a veces ponía en el coche; a ella, por insípida, tampoco le agradaba la música electrónica. Cada vez que decidían ver una película necesitaban negociar si de acción o de terror. En las mañanas de domingo ella podía quedarse sin reparos en la cama hasta que Quique llegaba, y él, amigo de madrugar incluso en fines de semana, le llevaba a la cama el café. No había discrepancia que se mantuviese más allá de un pulso de miradas y, si alguna se empeñaba en resistir, bastaba un abrazo para sellar una paz que de nuevo ajustaba el mundo en su lugar. Solo un desacuerdo de peso se había enquistado entre ellos: los estudios de Clara.

—Aunque aprobara en septiembre, cosa que dudo, mi media sería desastrosa, así que es mejor que repita curso y procure subir las notas —dijo ella una tarde para zanjar la cuestión de una vez por todas.

Eliminado aquel problema, parecieron quedar sin ninguno hasta que, al volver del museo el jueves siguiente, Clara encontró en su bolso una nota doblada con el mismo tamaño y aspecto que la vez anterior. En lugar de abrirla, prefirió mostrársela a Quique, convencida por inexplicables razones de que si la leían juntos el contenido sería menos desagradable. Sin la menor duda, la letra también era la misma.

Señorita, ignoro si por haber copiado ya todos los retratos de Félix I ha perdido también interés en el asunto que hace no mucho tiempo planteaba en su desaparecida página (por cierto, cerrarla ha sido una excelente idea).

De ser así, puede tirar esta carta a la basura con absoluta tranquilidad e irse a la cama con la confianza de que no volverá a saber de mí. Permita que le sugiera esta como la mejor opción. Ahora bien, si continúa interesada, este sábado me encontrará a las doce de la mañana tomando café en la terraza que hay junto al lago del parque del Este.

Atentamente.

A. L.

P. D.: No comente esto a nadie excepto a su novio, quien, si desea acompañarla, será bien recibido.

Estaba segura de conocer la respuesta, pero Clara aún mantenía un leve hilo de esperanza cuando hizo la pregunta.

–¿Qué vamos a hacer, Quique?

–Pues ir, naturalmente.

A lo largo de la jornada del viernes, los nervios atenazaron el pulso de Clara y esto la obligaba a corregir de continuo cada trazo que se proponía. Además, la mitad de su atención se desviaba con frecuencia hacia el bolso, donde en cualquier momento esperaba encontrar a un hombre introduciendo notas manuscritas. Tan poco provechoso resultó su trabajo aquella mañana que de buena gana se hubiera marchado a casa. Solo por no parecer una irresponsable permaneció en su puesto retocando detalles, limpiando los pinceles y dedicándose a cualquier tarea que no exigiese concentración.

El incombustible entusiasmo de Quique ante la reunión de la mañana siguiente tampoco contribuyó a levantarle el ánimo. La única buena noticia del día fue que al llegar a casa encontraron a su padre y, puesto que habían acordado no decirle nada para evitar que se preocupase, el tema de las notas manuscritas no apareció durante la cena. Ajeno por tanto a sus preocupaciones, Javier aprovechó su tercera copa de vino para divertirlos con el recuento de un buen puñado de anécdotas ocurridas durante sus conciertos.

En contra de lo que esperaba, Clara se durmió nada más cerrar los ojos, y no regresaron los nervios hasta que, después del desayuno, se despidieron de Javier con la excusa de que habían quedado con unos amigos.

—Me siento fatal —le dijo a Quique cuando este arrancaba el coche—. Mi padre se está portando conmigo, quiero decir, con nosotros, de maravilla y lo único que me pidió es que no le mintiera.

—Yo también lo he pensado, pero sabes que se hubiera empeñado en acompañarnos y, lo mismo al verlo, ese hombre se va. Si te quedas más tranquila, se lo decimos a la vuelta, ¿de acuerdo?

—De acuerdo. Lo que no me deja nada tranquila es que vayamos a encontrarnos con un desconocido que deja anónimos en mi bolso para hablar de un asunto que, si quieres que te diga la verdad, cada vez me importa menos.

–¿No es a ti a quien le gustan las películas de terror? –bromeó Quique con un guiño.

–Eso, tú arréglalo, mamonazo.

Para que se sintiera mejor, Quique hizo sonar a buen volumen la música favorita de su novia.

Era 5 de agosto y a las doce de la mañana un sol despiadado caía sobre el parque del Este cuando entraron. Apenas había niños jugando y los pocos que lo hacían buscaban refugio bajo la sombra de los castaños. En la terraza junto al lago, protegida del calor por un toldo, solo cuatro mesas estaban ocupadas, y en dos de ellas un hombre solo leía el periódico.

–¿Cuál será? –preguntó Quique.

Como si le hubiese oído, uno de ellos levantó la cabeza y con un gesto les indicó que se acercaran. Cogidos de la mano para transmitirse fortaleza, la pareja caminó hacia un anciano de pelo blanco cortado a cepillo y barba del mismo color. Él los contemplaba detrás de sus gafas con un gesto que parecía ser amable.

–Buenos días, señorita Clara... y compañía –dijo, incorporándose para estrechar sus manos antes de indicarles que tomaran asiento.

–Me llamo Enrique.

–Confesión por confesión, os diré que mi nombre es Andrés Lacalle –se presentó el abuelo, ahora sí con una abierta sonrisa–. Me alegra mucho comprobar que sois puntuales.

Un camarero apareció en aquel instante, bandeja en una mano y libreta en la otra. Clara y Quique pidieron Coca-Cola.

–En agosto no hay tráfico, todo el mundo está fuera.

–Eso ayuda, desde luego... Bien, para evitar malentendidos y no haceros perder demasiado tiempo, pondré mis cartas sobre la mesa. De ti no sé nada –continuó mirando a Quique–, salvo que vienes a recogerla cada tarde cuando termina su trabajo en el museo. Ese detalle me ha llevado a suponer que mantenéis una relación sentimental y, al veros hoy caminar de la mano, he confirmado que estaba en lo cierto. En cuanto a la señorita, sé que mezcla los colores con una maestría que nada tiene que envidiar a los más grandes. Te felicito por ello.

–Gracias –dijo Clara, entre orgullosa y avergonzada.

El camarero sirvió las bebidas y dejó sobre la mesa un cuenco de frutos secos.

–Vosotros, en cambio, os estaréis preguntando quién demonios será este viejo que sabe cosas de vosotros, introduce notas en tu bolso y os cita en un parque... No es para menos.

A pesar de que el motivo que los había reunido y la situación misma resultaban desconcertantes, algo en la actitud y la voz de aquel hombre había reducido la angustia de los jóvenes, en especial la de Clara.

–Reconozca que muy normal no es –apuntó ella.

–No estaba seguro de si tendríais el coraje de venir, y tampoco sé si habéis hecho lo correcto, pero ya que estáis aquí os pondré en antecedentes –dijo, mirando a uno y otro lado antes de bajar el tono de voz–. Aunque ya estoy jubilado, he sido durante treinta y dos años catedrático de Historia Moderna en la Universidad Central y he publicado algunos estudios sobre la dinastía Bondoror, en especial sobre los primeros reyes. Tengo configurada en mi ordenador una alerta para que me avise de toda novedad que se publique sobre ellos y por eso me saltó tu pregunta en internet –añadió mirando a Clara.

–¡Andrés Lacalle! –exclamó Quique de pronto–. Ya decía yo que me sonaba el nombre. He consultado alguno de sus escritos.

–¿En serio me has leído? Debes de ser el primero que lo hace sin el único propósito de aprobar la asignatura –rio el viejo.

–Todo esto empezó cuando Clara estaba copiando los retratos de Félix I y le pareció encontrar algunas diferencias entre dos de los rostros que pintaba. Como estoy de vacaciones empecé a curiosear para ver si encontraba alguna explicación, pero no he conseguido descubrir nada, y además en la Biblioteca Nacional me han puesto todo tipo de problemas.

El viejo se recostó en su silla y paseó una mano por las tiesas canas de su cabeza.

–Ese es precisamente el gran asunto, muchacho, ese es. A mí me ordenaron desde las más altas instancias de la universidad que abandonase una investigación sobre Félix I porque en ella desarrollaba una teoría bastante incómoda –reveló apenas en un susurro.

–¿Que estaba como una cabra? –aventuró Quique–. Eso lo dicen todos los libros de historia.

–Calla –le apremió Clara–. Siga.

El anciano catedrático avanzó su cuerpo sobre la mesa.

–Que tenía un doble –dijo.

–¿Alguien que posaba por él?

–No, querida... –replicó Andrés Lacalle meneando la cabeza–. Alguien que reinó en su lugar.

–¡La leche! –exclamó Quique.

–No hay pruebas concluyentes, solo indicios, y por desgracia la mayor parte han ido desapareciendo de manera bastante misteriosa a lo largo de los años.

–Por eso no quieren que...

–Exacto, muchacho. Si eso pudiera probarse cambiaría toda la historia oficial... e incluso pondría en duda la legitimidad de los Bondoror para continuar en el trono. Porque los dos hijos que Félix I tuvo con su primera esposa, Ana Teresa Amalia de Cerdeña, murieron en extrañas circunstancias y curiosamente ninguno de ellos dejó descendencia.

–Pues si hasta ahora nadie ha conseguido probarlo... –objetó Clara.

–Solo hay una posibilidad –planteó el catedrático.

–¿Cuál?

–Parece un hecho probado por diversas fuentes que Félix I pasó los últimos días de su vida escribiendo unas memorias, pero el caso es que nunca han aparecido.

–¿En serio cree que el rey iba a confesar antes de morir que alguien le había estado sustituyendo?

–¿Y quién le dice a usted, jovencito, que esas memorias las escribió el verdadero rey? –contraatacó el anciano mirándolo por encima de sus gafas.

–¿Usted qué opina? –preguntó Clara.

–Después de años descartando opciones, he terminado por reducirlas a dos. Siempre en el caso, por supuesto, de que ese doble existiera y en efecto fuese el autor de esas memorias... O bien fueron localizadas y destruidas, o bien las escondió donde nadie pudiera encontrarlas. Y de ser así allí siguen, esperando a alguien tan inteligente como para descubrirlas –añadió, incorporándose con una sonrisa al tiempo que entregaba un billete al camarero–. Estáis invitados.

–Gracias, ¿quiere que le llevemos a alguna parte? –se ofreció Quique levantándose también.

—Muy amable, pero no es necesario, vivo muy cerca.

—Entonces le acompañamos hasta la salida —dijo Clara—. Aquí ya no hacemos nada.

—Será un placer caminar al lado de una chica tan guapa —aceptó el abuelo ofreciéndole su brazo.

Se dirigieron los tres hacia la salida del parque sin advertir que el otro hombre abandonaba el periódico sobre su mesa un instante más tarde y caminaba tras ellos a prudente distancia.

El lector miró la hora. No estaba seguro de contar con tiempo suficiente para terminar aquel manuscrito y, puesto que después de él nadie volvería a leerlo —de eso estaba bien seguro—, llegar hasta la última palabra le parecía de pronto una cuestión de vital importancia. Tras este pensamiento, breve como el suspiro que lo acompañó, volvió sus ojos hacia aquellas hojas que crujían entre sus dedos.

No más de una semana habría transcurrido desde que Irene de Frómista conoció mi existencia hasta la primera noche en que se presentó en mi habitación. Habida cuenta de la hora, al oír los golpes en la puerta di por sentado que se trataba de Socorro y, sin saber cómo, me encontré de pronto en el umbral frente a la reina, vestido solo con mi camisola de dormir.

—No se moleste, señor conde, pero con ese aspecto resulta bastante menos impresionante que sentado en el trono.

Después de pronunciar estas palabras, empujó la puerta con el pie y empezó a caminar por mi cuarto al tiempo que lo curioseaba sin el menor disimulo.

–Yo... Majestad... No la esperaba –tartamudeé, tan ofuscado que no caí en la cuenta de hacer la oportuna reverencia.

–Tienes mala memoria, Ignacio, ya te dije que nos volveríamos a ver.

–Sí, majestad...

Se sentó en la cama, desbaratando mi esperanza de que la visita sería breve, y con un gesto de mano me pidió, o tal vez ordenó, que yo hiciese lo mismo.

–¿Qué parentesco te une a mi esposo?

La pregunta me llegó envuelta en una vaharada de perfume. Dudé por un instante, pero la vida ya me había enseñado que existen cierta clase de personas a las que no conviene mentir jamás.

–Ninguno, majestad.

–¿Ninguno? Según la información de la que dispongo, sois primos.

–No es cierto. Hemos difundido esa mentira para justificar mi presencia en palacio... y nuestro parecido.

Aquella noticia pareció resultar de extraordinario interés para Irene de Frómista, que echó la cabeza hacia atrás y entrecerró sus párpados para observarme con mayor detalle.

–Entonces, ¿tampoco eres conde?

–Sí, lo soy, aunque no nací como tal. Giuliano Manfredi intercedió para que el título me fuera concedido por mis servicios al reino.

–Que no son escasos, y me imagino que tampoco ha de resultar sencillo actuar y comportarse... quiero decir, ser quien no eres.

–Trato de cumplir las órdenes recibidas lo mejor que puedo.

—Así debe ser —aprobó ella con una sonrisa que en cualquier otro rostro hubiese resultado encantadora—. De modo que ante mí tengo al hombre que en verdad dirige el gobierno del imperio.

Negué con tanta contundencia como mi cuello me permitía.

—Decir eso resulta excesivo, majestad. Yo me limito a transmitir las indicaciones que me dicta el duque Manfredi.

—No menosprecies tu valor, Ignacio —dijo, obsequiándome con una inesperada caricia mientras se incorporaba—. ¿Has llegado a preguntarte qué ocurriría si tú no estuvieras y el demente de mi esposo fuera la imagen visible del reino? Yo te lo diré. En el exterior nadie nos tomaría en serio y en el interior no tardaría en estallar una guerra civil. Sin la menor duda, el duque Manfredi es muy consciente de eso.

—Bueno, tal vez... —me disponía a objetar cuando uno de sus dedos cayó sobre mis labios.

—Piensa un poco en ello antes de dormir, querido. Ya nos veremos —se despidió con la misma decisión con la que había llegado.

A duras penas fui capaz de pensar aquella noche. De dormir, aún menos. No bien cerraba los ojos, mi mente se sumía en un delirio febril inflamado de grandeza y desde esas cumbres no me sentía un carpintero ingenuo condenado a la obediencia, sino el pilar mismo sobre el que reposaba el imperio. Me creía entonces con derecho a decidir con quién quería casarme e incluso a declarar la guerra a Austria si lo consideraba conveniente. Por momentos regresaba a la cordura y trataba de olvidar esas ideas que, seguro estaba, nada bueno habían de traerme, pero aún no sabía que los siniestros tentáculos de Irene de Frómista empezaban a prosperar también en mi voluntad.

Aquella visita se repitió algunas noches más tarde, y otras después de esta, y luego hasta media docena de veces en el plazo de un mes. En todas ellas, Irene de Frómista se mostró dulce, atenta, interesada en conocer los pormenores de mi vida; sin embargo, a pesar de esos intentos de acercamiento yo seguía sufriendo un nebuloso vértigo infantil cada vez que me asomaba al abismo de sus ojos negros.

Por evitar que se preocupara, y consciente como era de la nula simpatía que mostraba hacia la reina, cometí el error de ocultarle a Socorro estos encuentros. Me engañaba jurándome que en la próxima ocasión sin falta lo haría, pero no encontraba nunca las fuerzas necesarias. A quienes sí puse al corriente fue a Giuliano Manfredi y a los hermanos Sigüenza de Soto. Lo hice una tarde después de planificar con sumo cuidado la reunión del día siguiente con el embajador de Francia, un aliado imprescindible si definitivamente estallaba la guerra contra Austria.

—¿De qué habláis? —preguntó Tomás.

—De todo y nada en particular —respondí con absoluta sinceridad—. Me pregunta por mi vida, me dice que a veces se encuentra muy triste y muy sola por culpa de la enfermedad del rey... Parece que busca más que nada compañía.

—Algo trama, estoy seguro —acusó Santiago mientras golpeaba la mesa con su dedo índice—. Esa mujer nunca da un paso en balde.

El duque Giuliano Manfredi, que hasta ese momento había permanecido caviloso, juntó las manos y me miró como si concentrase en sus pupilas toda la luz de la estancia.

—Infórmanos si adviertes cualquier propósito extraño en esas conversaciones y bajo ningún concepto... Escucha bien, Ignacio, bajo ningún concepto le hables de asuntos relacionados con la política del reino.

—Pierda cuidado, señor duque —dije, aparentando más convicción de la que en realidad tenía en aquel instante.

Con facilidad habrá deducido el lector que si estas reuniones seguían teniendo lugar solo podía deberse al hecho de que el rey no había mejorado de sus dolencias mentales. El problema no es que fuese cada día a peor, sino que sus momentos peores resultaban cada vez más alarmantes y sus mejores cada vez menos frecuentes. Además de no lavarse dejó también de afeitarse, e incluso de vestir alguna prenda sobre sus calzones, convencido de que la ropa irradiaba una luz mágica enviada por el Sol para causarle ceguera.

El día que Félix I de Bondoror cumplió treinta años se celebró en palacio un banquete que en nada tenía que envidiar al de la boda. Fueron invitados nobles de provincias, gobernadores y, para desesperación de Giuliano Manfredi, también embajadores de diversos países. Nada temía tanto el duque como que los desvaríos del rey fuesen conocidos por gobiernos extranjeros, pues estaba seguro de que eso nos debilitaría a la hora de negociar y, por otra parte, cómo justificar que a la mañana siguiente yo negociase con ellos un tratado diplomático que fuese tomado en serio. Desde luego, motivos para la desesperación encontró aquel día en abundancia.

Por fortuna, alguien (ningún trabajo me cuesta imaginar quién) logró que el rey accediera a vestirse, y apareció en el convite luciendo sus mejores galas. Cuando mis ojos no se iban en busca de Socorro, intercambiaba con el duque, Santiago o Tomás miradas de alivio a medida que se sucedían los platos y Félix se comportaba de manera razonable. Hasta que se sirvió el asado. Primero empezó a lanzar pequeños restos de comida sobre la cabeza de algunos comensales, quienes, pasada la sorpresa, le devolvían una mirada sonriente, quizá porque consideraban un privilegio haber sido seleccionados para una broma de su majestad. Poco a poco, el tamaño de los proyectiles fue en aumento y, cuando Irene de Frómista trató de detener el bombardeo, recibió tan sonora bofetada que un silencio de cementerio se adueñó del salón. Mostrando una pasmosa serenidad, la reina lo aprovechó para levantarse y mirar de frente a la concurrencia.

—Les ruego que disculpen al rey. No tiene por costumbre la bebida y el vino le sienta mal —dijo, con la mejilla enrojecida pero la dignidad al parecer intacta.

Hubo asentimientos, gestos solidarios, generosas muestras de comprensión que se fueron transformando en sentimientos bien distintos al descubrir que, sin transición, Félix I se dedicaba a morder sus propias manos con tal fiereza que las palmas comenzaron a sangrar. Corrieron Santiago y Tomás a sujetarle pero, en un alarde de agilidad, el rey los esquivó y de un salto trepó a la mesa. Mientras con los pies la iba despejando de cubiertos, cazuelas y vasos cuyo contenido caía alegremente sobre los invitados, se arrancó a entonar con voz desafinada una canción de su tierra natal. Boquiabiertos contemplaban la escena los embajadores extranjeros. Angustiada, Irene de Frómista me buscaba a mí, que en pleno desconcierto no apartaba los ojos del duque, y este, por su parte, animaba con el gesto a los hermanos Sigüenza para que lo capturasen de una vez.

No fue empresa sencilla reducirlo sin recurrir a la violencia, en especial porque después de galopar a cuatro patas entre las sillas, el monarca encontró refugio junto a una alacena, desde donde lanzaba furiosas dentelladas contra todo aquel que osaba acercarse.

Cuando por fin lograron llevárselo, el ambiente festivo con el que comenzó el cumpleaños no tenía mejor aspecto que el salón. Restos de carne, pan, todo tipo de salsas y vino se mezclaban en el suelo con fragmentos de barro y loza. Mientras el servicio se afanaba en la limpieza de la estancia y los invitados en limpiarse a sí mismos, el duque Manfredi hizo tintinear la cuchara contra su copa para reclamar un silencio innecesario.

—Queridas damas, ilustres del reino, amigos embajadores... Como bien nos ha comunicado su majestad la reina, nuestro rey tiene el saludable hábito de no probar licor. Si a esa circunstancia unimos que los doctores le están administrando potentes medicamentos para aliviar sus dolores de espalda después de una desafortunada caída del caballo, se hace comprensible el comportamiento tan peculiar que en él hoy hemos observado. Dios mediante, no tardará en recuperarse, pues su majestad es fuerte, así que propongo continuar disfrutando de la celebración... sin miedo a ensuciarse —concluyó con una estruendosa (y muy falsa) carcajada.

Muchos de los presentes habían visto a Félix I consumir vino a raudales en más de una ocasión, pero eran justo aquellos mismos que sabían lo inconveniente de hacer pasar por mentiroso a Giuliano Manfredi, de modo que nadie abrió la boca y, en cuanto a una orden de la reina los músicos comenzaron a tocar, casi nadie quedó en su sitio. Fue en ese preciso instante cuando advertí que, en tanto el pequeño Francisco se entretenía jugando a ensamblar los fragmentos de un plato, el príncipe Leopoldo fijaba toda su atención en mí, como si buscase en la copia de su padre un alivio a la vergüenza que el verdadero le había hecho pasar. Abandoné de inmediato un pensamiento tan peligroso y para ello resultó de gran ayuda Tomás, quien tomándome del brazo me susurró al oído que había encontrado a la candidata perfecta para mi boda.

No esperaba que después de un día tan ajetreado Socorro viniese a verme, pero al caer la noche se presentó en mi cuarto. Traía signos de fatiga en el rostro y un brillo de alarma en sus pupilas verdes.

—¿Qué te parece lo que ha ocurrido, Ignacio? —me preguntó antes de sentarse en la cama.

—Lamentable. El rey está cada día peor.

—No me preocupa el rey, me preocupas tú, porque cuanto peor esté él más problemas caerán sobre ti.

—Supongo que tienes razón.

—¿Supones? ¿Y lo dices tan tranquilo?

—No dispongo de muchas alternativas.

—Lo sé, cariño —dijo ella después de menear la cabeza y reclamarme a su lado—. Es solo que tengo muy malos presentimientos.

Al inicio de estas memorias declaré un inquebrantable compromiso de sinceridad y no será este el momento en que traicione mi palabra. En verdad no estoy seguro de que Socorro pronunciase esas palabras exactas. Puede que en mi recuerdo lo haya inventado para comprender mejor lo que sucedió un instante después, cuando la puerta de la habitación se abrió de pronto y en el umbral se perfiló la inconfundible silueta de Irene de Frómista. Hasta nosotros llegó su perfume.

Puesto que apareció sin anunciar su llegada, no tuvo tiempo Socorro de esconderse en el pasadizo y nos encontró la reina abrazados sobre la cama. Esta vez no clavó en mí su mirada negra, sino en Socorro, que se puso en pie de un salto mientras con las manos se componía el peinado y la ropa. Creo que los dos intentamos hablar a la vez, justificar con cualquier excusa lo que los hechos no permitían, pero antes de que acertásemos a decir una palabra, Irene de Frómista cerró la puerta con el mismo sigilo que había empleado para abrirla.

—¿Puedes, por favor, explicarme qué significa esto, Ignacio? —me preguntó Socorro, acusadores los ojos en llamas cuando al fin nos miramos, cada cual encerrado en su propia soledad.

Igual que existen personas a las que no conviene mentir con frecuencia, hay otras a las que no se debe mentir nunca, y por eso no cesaba yo de rascarme la cabeza en busca de la verdad menos dolorosa para ambos.

—No es la primera vez que viene desde que averiguó aquello, lo admito, pero solo para preguntarme por mi vida y contarme que se siente muy sola... Dime qué otra cosa podía hacer, es la reina.

—Bien calladito lo tenías.

—Pensé decírtelo muchas veces, te lo juro, pero no quería preocuparte. Además, hasta hoy siempre había llamado a la puerta.

Intenté abrazarla en aquel momento, pero Socorro se deshizo de mi mano como si de una víbora se tratase.

—Eres imbécil. ¿Acaso no sabes que Domingo Marino, el aposentador real, tiene a su disposición todas las llaves de palacio y es por completo leal a la reina?

—No.

—Me parece que de tanto tratar con esa gente estás empezando a parecerte a ellos. Y ese no era nuestro acuerdo —dijo, con una dulzura que más parecía un insulto, antes de abandonar mi habitación.

No me confunde la memoria cuando aseguro que cerró la puerta con mucho menos cuidado que la reina.

Después de aquel suceso pasé muchos días con las ganas de vivir mutiladas. Volvía a sentir con el mismo inútil coraje de antaño que no era dueño de mi destino, que demasiadas fuerzas se conjuraban de continuo para estrangular mi voluntad y, si en algún momento me había acomodado, en otros, como ahora, aún brotaba colérica la rabia del esclavo. Tanto daba que mis cadenas fuesen de oro y que cada mañana almorzase en vajilla de plata. Procuraba cumplir con eficacia las tareas que me eran encomendadas, pero mi falta de entusiasmo debió de resultar tan llamativa que Tomás terminó por darse cuenta. Atribuyó erróneamente aquel comportamiento hosco a mi soledad e insistió en presentarme a una joven marquesa que, según él, reunía todas las condiciones para convertirme en un hombre feliz: alegre, hermosa, sin compromiso y heredera de una fortuna colosal.

Por no ser cruel diré que la marquesita me pareció, más que alegre, una bobalicona dispuesta a reír con cualquier majadería; hermosa, lo justo para no caer en una insignificante vulgaridad y, en cuanto a las otras dos virtudes señaladas, carecían para mí del menor interés. No me preocupó, por tanto, que la obligada cita resultara un desastre. Mucho más doloroso fue que Socorro dejase de visitar mi cuarto al caer la noche y, aún más, que me evitase la mirada cuando nos cruzábamos en algún pasillo o servía en el salón.

Hasta que un día dejé de verla y, creyendo que había caído enferma, pregunté a una de sus compañeras.

–¿Socorro? Ya no está en palacio. Se ha ido.

Estoy seguro de que una parte de mí conocía las respuestas antes de que la otra hiciese las preguntas.

–¿Cómo que se ha ido? ¿Dónde...?

–No sabría decirle, señor, fue todo muy precipitado. Hace tres días, mientras estábamos preparando la comida, se presentó en la cocina el aposentador real y dijo que quería hablar con ella. Socorro salió con él y volvió un rato más tarde vestida con su traje bonito y una maleta. Nos dijo que un carruaje la estaba esperando porque la enviaban a otro sitio y más no sé... ¡Ah, sí! –exclamó de repente, llevándose la mano a la boca–. Me dejó un mensaje para vos. Lo había olvidado.

–¿Qué mensaje?

Para fortalecer su memoria, la sirvienta cerró los ojos y levantó su cabeza hacia el techo.

–Que hable su señoría con Ignacio para decirle que se cuide mucho, pero que tenga la precaución de hacerlo solo con Ignacio y con nadie más. Eso dijo. Espero no haberme acordado demasiado tarde.

–Tarde es, pero no por tu culpa.

Ni por un momento dudé quién estaba detrás del traslado de Socorro, y, quizá porque llevaba tanto tiempo instalado en la tristeza que no podía hundirme más, la noticia me sacó de ella con furia infinita. Puesto que desde la noche en que nos encontró juntos Irene de Frómista no había vuelto a mi habitación, decidí ser yo el que fuera en su busca para pedir explicaciones.

Después de recorrer el palacio de arriba abajo, al fin la encontré paseando por los jardines con sus damas de compañía. Sin reparar en quién tenía enfrente, exigí que las despidiera porque necesitaba hablar con ella a solas y, en contra de toda lógica, la reina me obedeció.

—Usted dirá, señor conde —pidió con una perfumada sonrisa de niña inocente.

—¿Puedo saber qué maldita necesidad había de llevarse a Socorro de palacio? —pregunté, con un tono de voz tan crispado y altisonante que mis palabras sonaron como una acusación.

—Me parece que no nos encontramos en el lugar indicado para mantener este encuentro, y menos usando un tono tan impropio para dirigirse a una reina.

—Disculpe, majestad. Es solo que...

—Ven a cenar esta noche a la cámara real —ordenó, con un gesto de mano que daba por zanjada la conversación.

Creí que me recibiría sola, pero a la mesa junto a ella se encontraba Félix I, vestido con un camisón de dormir y la peluca caída hacia un lado. El vello de su cara daba a entender que llevaba varios días sin afeitarse y, por el olor que hasta mí llegaba, era evidente que también sin lavarse. Dediqué a sus majestades la debida reverencia y esperé hasta que la reina me indicó que ocupase una silla.

—Querido, ¿reconoces a nuestro invitado? —preguntó a su marido.

El rey me contempló largo rato como si yo fuese una medusa o un animal mitológico y, Dios me perdone, no encontré en aquella mirada el menor rastro de inteligencia.

—Por supuesto —exclamó con tal energía que a punto estuvo de perder la peluca—. Es el mago sueco al que yo mismo hice llamar porque tiene el poder de apagar el Sol a su conveniencia. Un gran hechicero, ¿no es cierto?

Busqué a Irene de Frómista esperando una ayuda que, me pareció, tardaba una eternidad en llegar.

—No, querido, es tu doble.

—¿Ah, sí? —preguntó el rey con inesperado entusiasmo—. ¿También vos sois una rana?

—Pues...

—En tal caso, comamos juntos —propuso y, como había hecho el día de su cumpleaños, subió a la mesa de un salto.

Sin dejar de croar, avanzaba a pequeños saltos y, de improviso, lanzaba un lengüetazo sobre cualquier manjar que tuviese a mano o, por mejor decir, a boca.

—¿Está a tu gusto, querido? —preguntó la reina.

—Claro. En esta charca siempre está todo delicioso —respondió el rey antes de dirigirse a mí—. ¿A vos no os sucede que en ocasiones perdéis los brazos y más tarde os vuelven a salir?

—Sí, majestad, algunas veces —dije.

Cuando se declaró satisfecho, el camisón abarrotado de manchas de todo tamaño y color, Irene de Frómista le preguntó con impecable dulzura si deseaba retirarse a descansar y Félix I aceptó, sumiso, descabalgando de la mesa.

—Aguarda aquí, enseguida vuelvo —me indicó la reina mientras sacaba de la cámara real aquel inmenso batracio.

Se me ocurrió entretener la espera llevándome a la boca alguna vianda sobre la que el rey no hubiese posado su lengua, pero recordar la escena hizo que desapareciera por completo el apetito, de modo que me consolé bebiendo un trago de vino.

—¿Qué te ha parecido? —preguntó Irene de Frómista a su regreso, sentada junto a mí.

—Triste —dije.

—Ojalá solo fuera triste.

—¿Qué dicen los médicos?

—Odia a los médicos, no soporta que lo traten.

—¿Y si alguno de ellos se hiciera pasar por el mago sueco? —aventuré, muy orgulloso de mi ocurrencia.

—Ignacio, te he hecho venir para que vieras lo que sucede aquí a todas horas antes de explicarte por qué he mandado lejos a esa criadita con la que te entendías y que, supongo, estaría al corriente de todo, ¿no es cierto?

—Sabía que soy el doble del rey, sí.

—¿Y también que eres conde? No puedes casarte con ella, ¿o acaso pretendías hacerla sufrir toda la vida?

—No, claro que no.

—Es lo mejor para todos, y alguien tenía que atreverse a tomar la decisión. No me arrepiento de haberlo hecho.

—Pero...

—Del mismo modo que en algún momento será preciso tomar otras no menos difíciles. Antes de que sea demasiado tarde.

—No entiendo a qué se refiere, majestad —dije, subrayando de confusión y rabia el tratamiento.

—Te tenía por un hombre más espabilado, Ignacio. Estoy hablando... de matar al rey.

Una voz interior tuvo que repetirme varias veces aquella negra frase envuelta en perfume de ojos negros para hacerla comprensible.

–Pero... ¿Qué clase de...?

–Tú debes ocupar su lugar a tiempo completo. Por el bien del imperio. Por mi bien y por el tuyo –añadió con aire angelical.

–Eso es... es... una monstruosidad –mascullé.

Sin fuerzas ni más argumentos para permanecer en la cámara real, me levanté y me dirigí a la puerta sin que la reina hiciese nada para impedírmelo.

–Piénsalo bien, querido –la oí decir cuando ya salía.

El espejo roto

«Allí siguen, esperando a alguien tan inteligente como para descubrirlas». Esas palabras del profesor Lacalle sobre las memorias del primer Bondoror se habían convertido para Quique en un auténtico desafío, como le sucedía ahora con los problemas de álgebra y mucho antes con los rompecabezas, el ajedrez o la informática. La idea de encontrar el documento que probase que Félix I tenía un doble que al menos le sustituía en los retratos se convirtió para él en una prioridad, y se aplicó con el más científico de sus empeños a crear una tabla en la que ir anotando los acontecimientos más significativos de la vida del rey año por año, desde que fue coronado en 1700.

Reticente en un primer momento, Clara terminó por contagiarse de aquel entusiasmo, pues sabido es que tiene argumentos el corazón que la cabeza no entiende, y cuando él la recogía al terminar la jornada en el museo, en lugar de entretenerse en el bar de costumbre subían directamente a casa para escurrir en datos los libros que Quique iba sacando de la biblioteca. Tal vez porque se trataba de su primer proyecto común, ambos sentían sin convertirlo en palabras que aquel trabajo los unía como a dos niños perdidos en una sala de juegos.

–Como te caiga en el examen de historia, don Salvador se va a quedar alucinado –bromeaba Quique.

–Con la manía que me tiene, pensaría que he copiado.

Gracias a la dedicación obsesiva de Quique cada mañana y la colaboración de Clara cada tarde, en menos de una semana habían reunido material suficiente para escribir una biografía completa sobre Félix I de Bondoror. Si decidieron parar fue solo porque los datos ya empezaban a repetirse.

–Aquí tiene que estar la clave –sentenció Quique, señalando con su índice el mazo de cuarenta y cuatro folios recién salidos de la impresora.

–¿Te imaginas que descubrimos dónde están las memorias de Félix I? Lo mismo nos dan un premio.

En lugar de redactar la información de aquella inmensa tabla, decidieron encerrarse durante un fin de semana para suprimir todo lo que estuviese duplicado o no fuese relevante. Ni siquiera pisaron la calle; el sábado encargaron *pizza* y el domingo comida china. Después de aquel esfuerzo, lo más esencial de la vida del monarca quedó reducido a nueve densas páginas.

–¿Y ahora qué? –preguntó Clara cuando por fin levantaron la cabeza de los papeles.

–He estado dándole vueltas... Si te fijas, todos los manuales coinciden en que durante los últimos años de su vida no abandonó el palacio ni una sola vez y fue en esa época cuando tuvo que escribir las memorias.

—Así que crees que están escondidas allí.

—A no ser que antes de morir se las entregase a alguien de su confianza.

—En ese caso lo tendríamos muy complicado.

—Imposible, más bien —concluyó Quique con una mueca de fastidio.

—¿Tú crees que él quería que las encontrasen?

—¿Y para qué iba a escribirlas, si no?

—No sé, hay gente que al final de su vida necesita hacer balance para irse en paz. Quizá las destruyó después de terminarlas.

—También lo he pensado. La única referencia sobre esas memorias son los testimonios de algunas personas que aseguran haberlo visto escribirlas.

—Desde luego, algo muy fuerte tuvo que confesar para que se monte este revuelo. Por eso a ti te pusieron problemas en la Biblioteca Nacional y al profesor le apartaron de la investigación —dijo Clara resumiendo el pensamiento de los dos.

—Eso es justo lo que me tiene endemoniado.

—En todo caso, nunca pensé que la historia me divertiría tanto... y trabajar contigo, aún más.

—Lo mismo digo. Parece que llevamos juntos toda la vida —admitió él, y un rubor le subió a las mejillas como siempre que expresaba sus sentimientos.

—Y lo que nos queda, bombón.

Para evitar sonrojarse de nuevo, Quique decidió conducir

la conversación por otros derroteros.

—Hace días que no me cuentas cómo van las cosas por el museo.

—Genial –dijo ella sonriente–. Estamos en agosto, el director de vacaciones y solo entran extranjeros, mucho más educados por cierto que el producto nacional bruto.

—¡Oye! –exclamó Quique dando un bote–. Eso me da una idea. Podemos repetir la visita al palacio como si fuéramos turistas británicos.

—El señor ojitos azules a lo mejor lo tiene fácil, pero yo no paso por inglesa ni metiéndome en una bañera de tinte.

Quique no insistió demasiado y decidieron cambiar la extravagante idea por una invitación al profesor Lacalle para que los acompañara en la visita. No fue difícil encontrar su teléfono en internet.

—Será un verdadero placer –dijo–. Hace años que no voy por allí.

—Estupendo. ¿Le parece bien el sábado?

—Mejor un día laborable. Aun siendo agosto la afluencia de público será menor y la vigilancia también; así podremos curiosear con mayor desahogo.

—El único problema es el trabajo de Clara.

—Tengo todos los síntomas de que el jueves voy a tener fiebre –intervino ella, que escuchaba por el otro teléfono.

—Esa es mi chica –dijo el profesor, divertido.

—¿Lo recogemos el jueves a las...?

—No, prefiero que nos veamos allí. Estoy viejo, pero todavía me acuerdo de conducir y así tengo una excusa.

—¿En la puerta del palacio a las diez?

—Por mí, perfecto.

Allí se encontraron. No había, en efecto, muchos turistas; en cada uno de los salones, un vigilante con gesto aburrido que solo alzaba la cabeza cuando algún crío se acercaba en

159

demasía a los tapices, las vitrinas o las estatuas. Sin advertir que dos individuos se alternaban para acompañarlos en cada estancia, las recorrieron todas mientras el viejo catedrático disfrutaba desempolvando recuerdos. Gracias a ellos la pareja conocía a quién representaba ese busto, de dónde procedía aquella porcelana o el origen de la enorme lámpara que coronaba el techo del salón de recepciones.

—Ya sabéis que tenía por costumbre subirse a las mesas y saltar encima creyendo que se había convertido en rana. Quizá lo hizo sobre esta misma —dijo Andrés Lacalle cuando pasaron por el comedor de la cámara real.

—Me imagino la cara de los que estuvieran allí —se rio Quique.

—Además de bipolar era hipomaníaco —continuó el profesor sin seguir la broma—. Eso quiere decir que atravesaba episodios autodestructivos y, por si fuera poco, padecía el delirio nihilista de Cotard, motivo por el cual a veces estaba convencido de no tener brazos, o piernas, o incluso de estar muerto... Era un pobre enfermo al que su matrimonio con una mujer del temperamento de Irene de Frómista no tuvo que servirle de gran ayuda.

La mañana no era calurosa en exceso, de modo que pasearon por los jardines hasta la fuente en la que cinco surtidores vertían su agua en torno a una rana de bronce. Allí se refrescaron las nucas y las muñecas antes de sentarse en el banco situado frente a la estatua.

—Después de lo que nos ha contado hoy me siento bastante mal, porque la última vez que estuvimos aquí me burlé del rey. Le dije a Quique que esta fuente debía de ser un homenaje a su persona —confesó Clara con cierta culpabilidad.

–Es que fue él quien la mandó construir. Pero no es eso lo más sorprendente, sino que el diseño se debe a un tal Antonio Feronte; si os acercáis podréis ver su firma en el lomo del bicho. Os preguntaréis qué tiene eso de sorprendente... –dijo el profesor con cierto suspense mientras los jóvenes verificaban sus palabras–. Pues que, por más que he investigado, no he conseguido encontrar ninguna otra obra de ese fulano. Ni obra ni una sola referencia en ningún tratado de historia ni de arte. Otro misterio.

–Según tenemos anotado, los primeros años de matrimonio con Irene de Frómista fueron bastante perjudiciales para él, pero al parecer luego se repuso y pasó una época bastante asentado –recordó Quique.

–Para ser precisos, hasta la muerte de su hijo Leopoldo –confirmó el profesor Lacalle–. Ocupar de nuevo el trono después de haberse librado de la carga de reinar, que tanto le incomodaba, tuvo que ser insoportable.

–Lo que no acabo de entender es que al final de su vida recuperase la cordura hasta el punto de escribir unas memorias.

–Ni tú ni nadie, muchacho. Ese es precisamente el origen de la leyenda, y las memorias deben existir aunque nadie las haya encontrado, o de lo contrario los de arriba no se pondrían tan nerviosos cuando huelen que alguien va en su busca –dedujo Andrés Lacalle en un susurro.

–Si llego a saber que se organiza este lío, no me fijo en la cara del personaje al pintarlo. Llevaríamos una vida más normal.

–O aburrida, señorita. No hay problema que al resolverlo no aporte un don. En fin, tengo que irme o mi esposa no tardará en llamar a la policía –se disculpó el profesor Lacalle poniéndose en pie–. En caso de que encontréis esas memorias, no os olvidéis de mí.

–Quique piensa que no pueden estar muy lejos.

–O demasiado lejos –matizó el joven.

–Bien visto, chaval.

–Nosotros nos vamos también. Hoy vuelve mi padre de una gira y llevamos días sin verle.

–¿Es actor?

–Músico.

–¡Qué envidia! Me parece con diferencia la más sublime de las artes.

En el aparcamiento se despidieron sin percatarse de que dos coches idénticos arrancaban al mismo tiempo que ellos. Mientras conducía de regreso a casa, Quique no prestó atención al retrovisor. Había comenzado a germinar en su cabeza una idea tan absurda que ni siquiera se atrevió a comentarla con Clara.

Durante muchas noches rumié la idea de confesarle a Giuliano Manfredi la atroz propuesta que me había hecho Irene de Frómista, pero, igual que me sucediera con Socorro, tampoco me atreví. La diferencia es que en esta ocasión no se trataba de cuestiones sentimentales sino de simple supervivencia, hasta donde sobrevivir resulta simple. No tenía pruebas ni testigos, y acusar nada menos que a la reina de proponerme el asesinato de su marido no parecía una decisión prudente para quien, perdida la posibilidad de ser feliz, solo aspiraba ya a evitarse problemas.

Si me acostaba sobre el lado izquierdo, calculaba que al menos el duque me creería y sabría qué iniciativa tomar.

Si lo hacía sobre el derecho, pensaba que más tarde o más temprano el duque terminaría por enterarse y mi silencio dejaría un amargo regusto a traición. Si trataba de conciliar el sueño tendido de espaldas, solo echaba de menos a Socorro y, si lo intentaba bocabajo, mi única apetencia era morir.

Los días no eran mejores. Félix I pasaba ya más tiempo actuando como rana que como humano, de modo que, como había pronosticado Socorro con su buen juicio habitual, me tocaba asumir la totalidad de sus funciones políticas. Ya ni siquiera se molestaban los hermanos Sigüenza en inventar para él falsas reuniones diplomáticas y era frecuente encontrarlo, tras la puesta de sol, por cualquier sala de palacio tratando de ensartar fantasmas o empujando a los jinetes de los cuadros de palacio con el propósito de subirse él a los caballos. Todo ello lo hacía con unos pasos que resultaban cada vez más grotescos a causa de su negativa a cortarse las uñas de los pies.

Comenzó a ser habitual que en la sala del trono Irene de Frómista se sentase a mi lado durante las audiencias y, para subrayar la farsa de un perfecto matrimonio real, me tomase de la mano ante los embajadores o incluso me dirigiese de cuando en cuando una mirada cómplice, de las que una mujer debe dirigir a su marido. No me resulta sencillo describir el modo en que yo reaccionaba a esos contactos, pero para que el lector se oriente diré que desde un punto equidistante entre la cortesía, el temor y la repugnancia.

Igual que antaño, mi mayor consuelo cuando lograba escapar de aquella atmósfera oprimente consistía en cabalgar a lomos de Sombra convertido en Guido de Bondoror.

Creo que, de haber podido articular palabras, el respetuoso Lucas hubiese mantenido el mismo silencio al advertir mis dientes apretados contra el viento, mis ojos clavados en ese horizonte tras el cual, en alguna parte, debía encontrarse la mujer a la que aún amaba con la misma fuerza, quizá más, porque tiene el tiempo ese capricho de convertir en necesario lo que un día fue solo importante. De regreso, me encerraba en mi habitación con tal celo que, al menor ruido de pasos al otro lado de la puerta, buscaba refugio en el pasadizo por si era la reina quien venía en mi busca.

Una tarde, cuando me dirigía a las caballerizas, apareció un lacayo congestionado por la carrera para indicarme que el duque Manfredi me esperaba en su despacho.

—Ha dicho que es urgente, señor —añadió con una reverencia.

Junto a él se encontraban Santiago y Tomás, ambos con gesto desolado, de lo que deduje que ellos ya habían sido informados del motivo de la reunión y este no era precisamente agradable.

—¿Qué ocurre?

—Dentro de dos días parto hacia Italia —respondió el duque, que nunca fue muy amigo de circunloquios.

—¿Y eso a qué se debe? —volví a preguntar, pues creía estar al tanto de todas las decisiones que afectaban a las relaciones exteriores del imperio.

—A que esta misma mañana he recibido una orden real por la que se me asigna un nuevo destino junto a la frontera austriaca —dijo Manfredi extendiéndome el documento.

—¿Pero qué...? —estallé en un arrebato de cólera—. Yo no he firmado esto.

Los tres pares de ojos clavados en mí hicieron que comprendiese al instante lo absurdo de mis palabras.

—He pedido audiencia al rey para que me dé una explicación, pero no he obtenido respuesta y dudo que vaya a obtenerla... Quería que lo supieras, y también pedirte que a partir de ahora solo confíes en Santiago y Tomás.

—Señor...

Si algo más tenía intención de decir, la emoción me lo impidió.

—Alegrad esas caras de funeral, porque no me voy triste. Llevo demasiado tiempo ocupado en papeles y más papeles, y eso no es saludable para un militar de espíritu. Estoy seguro de que mi cuerpo agradecerá un poco de acción.

Los hermanos Sigüenza y yo a duras penas lográbamos contener las lágrimas, pues a ninguno se escapaba que solo pretendía tranquilizarnos. Tal vez fuese cierto que la acción le convenía, pero también era consciente de que nadie quedaba tan capaz como él para calmar las agitadas aguas del imperio. Solo hoy, al escribir esto, entiendo que aquella partida le dolía sobre todo como patriota.

—Tenga por seguro, señor duque, que haremos todo cuanto esté en nuestras manos para ayudar a Ignacio —dijo Tomás.

—Estoy seguro de ello... Ahora, ¿os importaría dejarme un momento a solas con el conde?

—Señor... —respondieron ambos al unísono, solemnes como si acataran la última orden que aquel hombre les daba.

Una vez que Santiago y Tomás hubieron salido, el duque se retrepó en su silla y me contempló largo rato sin decir nada. Yo aguantaba su atención sin mover un músculo hasta que un leve pestañeo por su parte deshizo aquel duelo de esfinges.

—Si algo en verdad me alegra es que no seas un necio ni un codicioso... Quizá no me creas, pero a veces he llegado a sentirme culpable por haber arruinado la vida que el futuro tuviese prevista para ti. Espero que sepas disculparme por ello.

—No voy a negar que durante los primeros años de mi vida en palacio os odiaba por haberme apartado de mi familia y obligarme a llevar una existencia que no deseaba, pero aquello queda muy lejos; al contrario, señor, siempre habéis sido como un padre para mí y no encuentro nada que pueda reprocharos.

—Créeme que marcho más tranquilo después de oír eso —dijo el duque, y juraría que se levantó para que no advirtiese el brillo que se insinuaba en sus pupilas—. Desconfía de la reina, Ignacio, sigue tu instinto. Yo también lo tengo y por eso sé reconocerlo —añadió mientras me acompañaba hasta la puerta.

—Señor... —me despedí, conteniendo a duras penas el impulso de contarle lo que la reina me había propuesto.

No lo hice. Tenía la sensación de que solo hubiera conseguido que se marchase presa de la inquietud. Los hechos no tardarían en poner de manifiesto que, una vez más, me equivoqué.

En ausencia del duque, la lucidez de Santiago y el cariño de Tomás fueron los apoyos con los que conté para enfrentar cada jornada de gobierno, aunque tenía la sensación de que ellos no se sentían menos huérfanos que yo. Además, tantos años de involuntaria dedicación a la política habían sembrado en mi mente algunas ideas que con frecuencia entraban en conflicto con sus criterios poco favorables a emprender reformas. Les preguntaba por qué justamente los dueños de las mayores riquezas no pagaban impuestos al Estado, siendo los que más ventajas obtenían si nuestras fronteras se ampliaban, y la respuesta era que así lo disponía la tradición. Cuando aseguraba no entender por qué algunas provincias tenían sus propias leyes, siendo que formábamos un solo imperio, la respuesta era que así lo disponía la tradición. Si trataba de averiguar por qué motivo se mantenía tanta tierra desaprovechada existiendo agricultores sin campos para cultivar, me respondían que esa era la tradición.

—¡Maldita sea la tradición! —exclamé en algún momento—. Si fuese por ella aún seguiría habiendo esclavos.

—Es que los hay, Ignacio, solo que ahora se llaman de otro modo —me respondió Santiago con el mismo tono irónico que años atrás usaba para recriminarme cada vez que confundía alguna norma del protocolo.

Una de esas noches, mientras tumbado en la cama intentaba concentrarme en un libro sin que cada nombre de mujer que en él aparecía llevase mi mente hasta Socorro, oí que golpeaban en la puerta de mi cuarto. Temiendo que se tratase de Irene de Frómista, corrí a esconderme en el pasadizo, y lo hice acompañado del libro para no delatar señal alguna de mi presencia si entraba con la llave maestra. Varias veces antes había buscado refugio allí sin necesidad, por el simple placer de escapar del mundo, y más que nunca en verano, porque ningún otro lugar de palacio era más fresco.

No sabría precisar cuánto tiempo estuve allí, creo que incluso llegué a sumirme en un profundo sueño con el libro por almohada, y al salir descubrí junto a la puerta un papel doblado que alguien había introducido por la ranura. Lo primero que llamó mi atención es que no despedía el perfume de la reina, de modo que lo desdoblé con más confianza y comencé a leer hasta que una sanguijuela se instaló en mi garganta y fue absorbiendo la sangre de mi cuerpo a cada letra.

Mi muy querido Ignacio:

Tras no hallarte en la habitación, salí en tu busca por todo el palacio sin que nadie supiera darme razón de tu paradero. Tanto a mí como a mi hermano nos hubiese gustado despedirnos, ya que un carruaje nos aguarda para conducirnos hoy mismo hasta el puerto de Poniente, desde donde embarcaremos hacia las provincias de ultramar con un decreto real que nos convierte en gobernadores.

Es una distinción que nos llena de orgullo y que acaso soñábamos merecer algún día, pero a un tiempo nos invade la tristeza por dejarte solo en unos tiempos tan difíciles. Nos consuela pensar que hicimos de ti un hombre hábil con la espada y rápido con la mente.

Que el Señor te asista en tu difícil y trascendente tarea. Ten por seguro que te llevamos en nuestro recuerdo y quiera Él que algún día volvamos a encontrarnos.

Conserva hasta entonces dos fuertes abrazos.

Tomás Sigüenza de Soto

Con el papel arrugado en un puño y el corazón en la boca, corrí hasta el patio de coches sin advertir que por el camino todo aquel con quien me cruzaba me brindaba una reverencia, pues con las prisas había olvidado mi disfraz de Guido de Bondoror. También el cochero de guardia se puso firme ante mi llegada.

—¿Hace mucho tiempo que han partido los hermanos Sigüenza de Soto?

—Bastante, majestad —respondió, mientras balanceaba la cabeza para indicar que con *bastante* en realidad quería decir *mucho*.

Regresé por donde había venido sin atender las muestras de pleitesía que unos y otros me dedicaban a cada paso. En la escalera principal me topé de bruces con mi trastornado gemelo, quien, descendiendo de las torres con unos calzones roñosos por todo atavío, lanzaba torpes estocadas al aire con un puñal.

—Buenas noches tenga mi admirado mago sueco —dijo al verme—. ¿Cómo os encontráis hoy?

—Complacido de saludar a la primera rana de este noble estanque —respondí, disimulando la repugnancia infinita que en aquel instante me poseía.

—Por fin un lenguaje que me place —prosiguió el rey—. A la legua se advierte que sois un sabio.

—Y vos un perfecto demente que me ha arruinado la vida —farfullé de manera ininteligible con mi mejor sonrisa.

—Eso es exactamente, señor mago. La única virtud del Sol es que las moscas buscan el calor —explicó él antes de continuar rasgando la nada escaleras abajo.

Tendido sobre la cama volví a leer la carta de Tomás con los ojos llenos de lágrimas. He de admitir que de muy egoísta manera lloraba por mí, pues en pocos meses había perdido a Socorro, al duque y a los hermanos Sigüenza hasta quedarme tan solo como el día en que la Guardia Real me separó de mi familia. No tan rápido de mente como Tomás suponía, solo entonces caí en la cuenta de que aquello no podía ser casual y, más aún, que era bastante improbable que el imbécil con el que me había cruzado en la escalera hubiese sido capaz de tomar decisiones políticas de tal envergadura. Una vez más, mis sospechas apuntaban en la misma dirección. La única posible. Irene de Frómista.

Después de considerar con calma la situación, decidí que no le pediría explicaciones, mejor esperar que esta vez fuese ella quien me las diese, pero durante varios días la reina no se dejó ver por ninguna parte. Atendí las audiencias solo, a excepción por supuesto de los secretarios que levantaban actas de cada reunión con embajadores, jueces, banqueros o militares, audiencias que yo iba resolviendo con el criterio que Dios me daba a entender y atenazado siempre por el temor de que el verdadero rey recuperase la cordura antes que la memoria y me tomase por un usurpador. Nadie quedaba ya cerca de mí que pudiese defenderme.

Condenadas sean por igual las urgencias de esos funcionarios irritantes y las miserias de mi cuerpo, que por turnos parecen haberse confabulado para reclamarme de continuo y desviarme del propósito con el que inicié estas memorias, pero sabe el cielo que ni unas ni otras me detendrán mientras tenga fuerzas para sostener la pluma y recordar que era noche cerrada cuando llamaron a la puerta de mi habitación. El perfume que venía del otro lado me hizo saber al instante quién se encontraba allí. Sin demora abrí y la invité a entrar, pero con gesto consternado la reina negó con la cabeza.

—Ven conmigo —dijo.

En silencio la seguí a buen paso hasta el dormitorio real, y en la puerta se hizo a un lado para permitir que yo entrase primero. Encima de la cama, con los brazos inertes sobre el pecho, descansaba Félix I de Bondoror.

–¿Qué ha ocurrido? –pregunté, encendidas todas mis alarmas interiores.

–El conde Ignacio Guido de Feronte-Bondoror acaba de fallecer –respondió Isabel de Frómista con mucha calma.

–¿Qué estás diciendo?

–Lo que veis, señor. Por desgracia hace un rato que vuestro primo el conde ha pasado a mejor vida.

–No me gusta lo que creo que estás insinuando –protesté, conmocionado aún por la presencia del cadáver.

Una bofetada, suave pero contundente, estalló contra mi mejilla.

–Querido –continuó ella con una dulzura que sus ojos negros desmentían–. A partir de este preciso momento ya no importa lo más mínimo lo que te guste a ti, sino lo que nos convenga a los dos. El rey ha muerto. ¡Viva el rey! –añadió haciéndome una reverencia.

–¿Y si me niego a continuar?

Irene de Frómista me miró ampliando el arco de su sonrisa antes de hablar muy despacio, cerciorándose de que yo entendía su mensaje a la perfección.

–Si te niegas, te acusaré de haber envenenado a mi esposo para suplantarlo, me golpearé y juraré que también trataste de acabar conmigo cuando te descubrí y quise impedirlo. Después, antes de que cuelgues por el cuello, mientras te pudres en el calabozo más siniestro, sabrás que tu amada Socorro, así como tu familia, han sufrido terribles accidentes... Pero eso no va a ocurrir de ningún modo, ¿verdad, querido?

—No... —dije, incapaz de pensar o de mover un músculo.

—Claro que no, cariño. Y ahora, ayúdame. Tenemos que trasladar esto a tu habitación.

—Sí...

Deshicimos el camino cargados con el cuerpo de Félix I, ella sujetando por los pies, yo por las axilas, y lo acostamos entre las sábanas.

—Mañana alguien encontrará el cuerpo del pobre Guido. Se fue mientras dormía, al menos tuvo una muerte dulce —sentenció la reina mientras contemplaba la escena.

—Esto quiere decir que he dejado de ser el doble del rey para convertirme en el rey —dije, más bien para entender yo el pensamiento que venía ocupando mi cabeza mientras avanzábamos por los pasillos.

—Exacto, querido.

—¿Estás segura de que nadie sospechará nada?

—Los únicos que podrían hacerlo ya no están y, si alguna vez regresan, creerán que el muerto fuiste tú. Solo debes tener la precaución de no comportarte de manera cuerda de un día para otro. Durante algún tiempo haz el imbécil igual que mi difunto marido y luego, poco a poco, te vas normalizando hasta que todo el mundo crea que te has curado por completo.

—Ya... Pero sin el duque ni los hermanos Sigüenza, ¿quién va a orientarme en los asuntos de gobierno?

—Yo, por supuesto —respondió como si la pregunta hubiese sido ofensiva.

—Claro... Una última pregunta.

—Adelante.

—¿Dónde voy a dormir ahora?

—Entenderás que no iba a compartir lecho con una rana, así que dispuse un cuarto privado para él; todos los reyes tienen uno y tú ocuparás ese hasta que nos casemos.

—¿Cómo has dicho? —pregunté, deseando con las escasas fuerzas que me quedaban no haber entendido bien.

—Querido —se revolvió como si la respuesta fuera obvia—. Sustituir a Félix como emperador es una cosa y hacerlo como marido es otra bien distinta. Eso solo sucederá cuando un sacerdote consagre nuestra unión matrimonial, pero no te preocupes por ello, conozco a uno que celebrará nuestra boda en secreto. Anda, vámonos de aquí.

En aquella noche de siniestros paseos, volví a seguirla hasta una cámara pequeña y sin ventanas situada en el ala norte.

—Este lugar apesta —refunfuñé.

—Ya sabes que, a pesar de creerse una rana, Félix no era muy amigo del agua. Descansa hoy como puedas y mañana daré orden de que la limpien, la ventilen y cambien la ropa de la cama.

—Puesto que todo rey tiene uno, cuando esto acabe me gustaría recuperar mi antiguo cuarto.

—No tengo inconveniente. ¿Algún motivo en particular?

—Me gustaban las vistas del jardín —respondí, ocultando la existencia del pasadizo.

—Buenas noches, majestad. Que descanse —se despidió Isabel de Frómista antes de cerrar la puerta.

Incapaz de dormir en aquella habitación oscura y pestilente, mi cabeza empezó a dar vueltas tratando de asimilar lo que había sucedido y buscando la mejor manera de afrontar el nuevo orden del mundo. Por los ruidos de palacio, que no por la luz inexistente, deduje que amanecía cuando terminé de ajustar cada pieza en su lugar. Irene de Frómista lo había planeado todo al detalle. Primero había conseguido librarse de quienes sabían que el rey tenía un doble; después había envenenado a su marido y, por último, se había asegurado de que el sustituto, es decir, yo, no tuviese opción de negarle ninguno de sus deseos.

Entendí de pronto su estrategia. Un plan tan perfecto, tan cruel, tan retorcido que la angustia me invadió. Miré alrededor pensando que aquella sala era el símbolo perfecto del futuro que me aguardaba: negro y apestoso. Pero esta vez me quedé muy escaso en mis predicciones.

Sin poder contenerse, el lector golpeó el sofá con la mano abierta.

El rey y yo

Clara se esmeraba dando retoques al último retrato de Constantino III cuando su lacónico compañero de trabajo, de quien llevaba varios días sin tener noticias, asomó de improviso su pelona cabezota por encima del lienzo. Aquella aparición le provocó un sobresalto que a punto estuvo de teñir de verde al perro que dormitaba a los pies del monarca.

–Si vuelves a presentarte así, puede que la próxima vez mi pincel aterrice sobre tu ojo izquierdo –le advirtió Clara.

–Lo siento, no sabía que estabas tan concentrada.

–Teniendo en cuenta que hace media hora un niño le ha dado un mordisco a mi tubo de azul cobalto, estoy más que nada tensa.

–Solo venía a decirte que he terminado mi trabajo. Me temo que no soy tan detallista como tú.

Clara nunca había oído tantas palabras seguidas en boca de aquel tipo. Lo miró con curiosidad.

–¿Todos los retratos?

–Sí.

–Entonces quizá solo seas más eficaz. Te felicito –dijo Clara antes de volver la atención hacia su cuadro.

–No he venido a presumir –replicó él ofendido–, sino a ofrecerte mi ayuda para acabar los que te quedan. Faltan solo dos semanas para la exposición.

–Gracias, me da tiempo.

–Como quieras.

Mientras con el rabillo del ojo lo veía alejarse, Clara se preguntó por qué había sido tan arisca. Después de todo, el pobre hombre se había limitado a ofrecerle su colaboración con la mayor cortesía. No necesitó demasiado tiempo para encontrar la respuesta. Y no estaba en su compañero de trabajo, sino en su novio. Desde que el jueves regresaron del palacio parecía ensimismado, ausente a todas horas. Al menos dos veces era preciso repetirle cada frase para obtener una respuesta, y con frecuencia lo descubría con la mirada perdida en el techo, vagando tras los cristales del salón o enterrada bajo el suelo de la cocina.

–¿Se puede saber qué te pasa, Quique? –le preguntó esa noche, situada justo enfrente de sus ojos azules para evitar una evasiva.

–¿A mí? ¿Por qué me dices eso? –trató en efecto de evadirse como si allí hubiese una tercera persona.

–Porque si algo he aprendido en este tiempo que llevo viviendo con mi padre es que la mentira y el disimulo están de más en una relación que merezca la pena, así que no voy

a pedirte dos veces que me digas la verdad –respondió Clara sin dejar de apuntarle con el cuchillo que había usado para trocear la lechuga.

Quique levantó los brazos y bajó la cabeza como el delincuente que admite su culpa.

–Son las memorias –confesó con gesto consternado.

–¿Cómo dices?

–Las memorias de Félix I. Tengo una ligera sospecha de dónde pueden estar escondidas.

Clara emitió un prolongado suspiro y le miró con la ternura de una madre ante el crío que ha cometido una travesura inocente.

–¿Y por eso llevas una semana con esa cara de bacalao estreñido?

–Supongo que sí... He estado a punto de decírtelo un montón de veces, pero al final pensaba que me ibas a tomar por imbécil.

–Mira, eso sí lo has conseguido –dijo ella con un gesto severo que de pronto se transformó en una sonrisa–. ¿Y dónde supones que están?

–Dentro de la rana –respondió él sin dudarlo.

Clara inclinó la cabeza para enfocar mejor el rostro de un novio que no parecía estar bromeando.

–¿Te refieres a la rana que hay en la fuente de los jardines del palacio?

–A esa rana.

–¿Y cómo has llegado a esa conclusión?

–De momento solo es una sospecha, pero atando cabos... –dijo Quique, levantándose de la silla para moverse por la cocina sin dejar de gesticular–. A ver... según dicen todos los libros de historia, Félix I se recuperó de su enfermedad después del nacimiento de su hijo Constantino y pasó unos cuantos años bastante estable; sin embargo, al final de su vida recuperó algunas de sus rarezas y, de manera muy especial, la de comportarse como una rana.

–¿Eso es todo lo que tienes? –preguntó Clara no muy convencida por la explicación.

–Estamos hablando de la misma época en la que el rey empieza a escribir sus memorias y justo cuando encarga a un perfecto desconocido que funda en bronce ese animal para decorar la fuente más vistosa de los jardines... Mucha casualidad, ¿no te parece?

–Me parece traído por los pelos.

–Pues yo creo que quería decirnos algo. Quizá me equivoque, pero me saltó la idea cuando el profesor Lacalle comentó que no se conocían más obras de ese artista. Además, la estatua está hueca –añadió antes de comprender que había hablado más de la cuenta.

–¿Cómo lo sabes?

–Fui ayer para comprobarlo y de paso averiguar si tenía algún tipo de resorte o mecanismo que no se apreciase a simple vista...

–¿Y por qué no me has dicho nada? –estalló Clara, incapaz de dar crédito a lo que estaba oyendo.

–Lo siento, no quería que pensaras que soy un paranoico.

Clara no reaccionó de inmediato. Desde sus vísceras subía una furia sorda que amenazaba tormenta pasional y prefirió alegar una necesidad urgente para calmarse en el cuarto de baño. Allí bebió agua, se refrescó la cara y el cuello antes de mirarse al espejo tratando de controlar el ritmo de su respiración. La otra posibilidad es estar a su lado, le dijo a su yo del espejo, y se confió a esa alternativa con más cerebro que corazón, algo que por inusual en ella levantó su ánimo decaído.

—¿En serio la rana está hueca? —preguntó de regreso a la cocina, donde Quique continuaba preparando la cena.

—Por el sonido sí, pero no hay ningún resorte a la vista. Tampoco pude palparla mucho, porque había bastante gente.

—Te propongo una cosa. Vayamos mañana los dos y si hace falta llevamos un martillo para sacar las tripas de ese maldito bicho. Pero con una condición: si las memorias no están ahí nos olvidamos de este asunto para siempre, ¿de acuerdo? —dijo Clara ofreciéndole su mano abierta.

—De acuerdo —aceptó él mientras la estrechaba.

Javier, que entraba en ese preciso momento, se detuvo sonriente al contemplar la insólita escena.

—No me puedo creer que a estas alturas os estéis presentando —comentó con una mueca burlona.

Avergonzada por ocultar a su padre lo que estaba sucediendo, durante la cena Clara le puso al corriente de todas las peripecias que les habían ocurrido por causa de las supuestas memorias de Félix I. Le ocultó, eso sí, los detalles más escabrosos, como la misteriosa desaparición de su blog o las recomendaciones del profesor Lacalle para que abandonaran la investigación.

—Suena interesante —concluyó Javier—. Os aseguro que si mañana no tuviera concierto, iba con vosotros.

Un cuarto de hora antes de que abriesen el palacio a las visitas ya eran los primeros de una ridícula cola de seis personas y, en cuanto cruzaron la puerta, se dirigieron directamente a la fuente procurando que nadie reparase en ellos. El paseo por los jardines solía ser el final del recorrido, de modo que durante largo rato pudieron hurgar en la estatua a su antojo, pero sin otro resultado que empaparse con el agua que manaba de los surtidores. Paraban solo para fingir un abrazo apasionado cuando algún visitante pasaba cerca. Aquella estrategia tenía la ventaja de que, sintiéndose inoportunos, los transeúntes miraban de inmediato hacia otro lado y seguían su camino sin detenerse.

Después de una hora recorriendo el cuerpo del animal en busca de una grieta, un resorte o cualquier otro tipo de mecanismo, Clara estaba a punto de darse por vencida. Entonces Quique, también a un palmo de la desesperación, agarró la cabeza de la rana, la giró con todas sus fuerzas y, como un perfecto tapón de rosca, el apéndice se separó del cuerpo. Mientras Quique sujetaba la cabeza, Clara introdujo la mano en el hueco y sacó de allí un bulto de cuero.

—¡Lo tengo! —gritó, tan excitada que a punto estuvo de enviar el paquete al fondo del estanque.

—Vámonos.

Ante la atónita mirada de una familia de turistas, Quique volvió a enroscar la pieza en su lugar. Clara guardó el fardo de cuero en su bolso y a buen paso se dirigieron al aparcamiento.

No muchas personas habrán disfrutado el insólito privilegio de asistir a su propio entierro. A mi pesar, como bien sabe el lector, yo fui una de ellas. Una nubosa mañana de marzo del año del Señor de 1714, en la que apenas quince personas se habían reunido en el cementerio de la capital para despedir a quien creían el conde Ignacio Guido de Feronte-Bondoror, un cuerpo que no era el mío era sepultado bajo una lápida con un nombre que tampoco me pertenecía.

Custodiado por la Guardia Real y con Irene de Frómista colgada de mi brazo izquierdo, distinguí entre el cortejo el rostro lloroso de Lucas. Para vencer el impulso de correr hasta él, abrazarlo y pedirle que no se preocupase, que mañana mismo volveríamos a cabalgar juntos, recordé quién era yo entonces. Con un brusco giro del cuerpo me liberé de la reina y un instante después me encontraba encaramado a un sepulcro, desde donde comencé a croar con la fuerza de un estanque entero.

Fueron necesarios dos soldados para darme caza y otro más para conseguir introducirme en la carroza.

—Devolvedme mis brazos ahora mismo, botarates, o haré que os arranquen los dientes uno a uno —iba gritando mientras buscaba la forma de morder a alguno de ellos.

—Eso ha estado genial, querido —me susurró Irene de Frómista cuando se sentó a mi lado—. Hasta yo misma he llegado a pensar por un momento que no habíamos enterrado a la persona adecuada... ¿Te ocurre algo?

—Lo que estamos haciendo me parece miserable y no sé por qué he pensado de pronto en esos pobres niños que ni siquiera saben que acaban de perder a su padre. Me dan mucha lástima.

—¿Lástima los príncipes? No creo que esas dos criaturas lleven una vida tan mala como para preocuparse tanto por ellos.

Tras la muerte de un cortesano o asistente del rey que viviera alejado de su familia, era costumbre devolver a esta sus propiedades. Por suerte, nadie pudo determinar dónde habitaba la familia de Ignacio Guido de Feronte-Bondoror, o siquiera si tenía; por tanto, declaré que mi difunto primo carecía de padres o hermanos y nadie sino yo era su pariente más próximo.

Con el paso de los días, daba la impresión de que la criminal estrategia de Irene de Frómista para hacernos con el poder sin que nadie se percatase estaba funcionando como una perfecta máquina de precisión. Hasta que caí en la cuenta de un pequeño detalle: si bien improbable, no era imposible que mi madre decidiera escribirme de nuevo, y una carta a nombre de Ignacio Feronte solo podía traer dos nefastas consecuencias. La primera, que cayese en manos de alguien que al leerla descubriese que el conde Guido no solo no era primo del rey, sino que carecía por completo de linaje aristocrático; la segunda, que respondieran a mi madre con la noticia de mi fallecimiento, lo cual causaría en mi familia un dolor innecesario. Para evitar cualquiera de esas posibilidades, decidí recurrir a la única persona en la que aún podía confiar: Lucas.

Puesto que todo lo que sucedía en palacio terminaba llegando tarde o temprano a los oídos de la reina, busqué la forma de encontrarme con Lucas en las caballerizas. Cepillaba el lomo de un caballo cuando entré y, ya fuese porque al reconocer mi olor Sombra hizo un extraño, ya porque nunca antes el rey le había llamado por su nombre, el paje mudo dio tal brinco que a punto estuvo de aterrizar sobre una pila de boñigas. Como no podía expresar con palabras su servidumbre, estuvo doblando el espinazo hasta que le contuve con un gesto.

—Me consta que mi primo, el conde Guido de Feronte-Bondoror al que serviste, te tenía en alta estima —dije.

Llevó la mano derecha a su corazón en señal de correspondencia y yo, a pesar de mis sentimientos, hube de recordarme que jamás podría confesarle la verdad, pues eso implicaba poner en grave riesgo su vida.

—Me dijo en repetidas ocasiones que eras un servidor leal y alguien merecedor de toda confianza, por eso he pensado en ti para que lleves a cabo una misión de la que no debes informar a nadie. ¿Te sientes capaz de ello?

Lucas asentía, muy abiertos los ojos, que, a falta de otra vía para expresarse, eran las ventanas de su corazón. Le entregué la carta plagada de mentiras piadosas que había escrito para mi familia. En ella les contaba que había sido destinado a las provincias de ultramar y que por tanto no intentaran ponerse en contacto conmigo antes de que yo les informase de mi paradero. El paje escuchaba con toda atención cuando le di el nombre de mi aldea y le pregunté si era capaz de llegar hasta allí. Sin dudarlo un instante, volvió a asentir.

—Puedes elegir la montura que prefieras de las caballerizas reales, aquí tienes mi autorización —dije ofreciéndole el documento firmado—. Cuando llegues, pregunta por la carpintería de Feronte, está muy cerca de la Plaza Mayor. Allí dejas la carta y regresas sin más explicaciones. ¿Lo has entendido? Bien, entonces solo queda un último aviso que no debes olvidar bajo ningún concepto: si por cualquier causa no puedes entregarla, destrúyela sin más contemplaciones, pero sobre todo has de evitar a toda costa que caiga en otras manos. Esto último has de metértelo bien fuerte en la sesera.

Con repetidos y muy firmes movimientos de cabeza Lucas iba dando muestras de que comprendía cada una de mis indicaciones.

—En esta bolsa tienes dinero suficiente para comer y alojarte durante el trayecto... Cuando regreses hazme llegar algo azul si has tenido éxito o algo rojo si has fracasado. Si lo consigues te nombraré cochero real, pero si me traicionas yo mismo te cortaré las manos... ¿Te ha quedado todo claro?

Lucas se golpeó el pecho con ademán solemne antes de guardar entre sus ropas la carta, la autorización y la bolsa con las monedas.

—Sal cuando caiga la noche y no olvides ser discreto —le advertí, dando de inmediato media vuelta para no mirar su cara de niño grande y derrumbarme.

Dos semanas más tarde, mi ayuda de cámara me rodeó el cuerpo con una toalla azul cuando salía del baño. Según dijo, se la había entregado el paje mudo de las caballerizas como un obsequio para mí.

—Por señas me hizo entender que su majestad lo agradecería. Yo no sabía si aceptarlo, porque no es algo habitual, pero insistió mucho y yo... En fin, espero haber hecho lo correcto.

—Está perfecto, Guzmán —le tranquilicé al tiempo que yo, muy tranquilo, me secaba con aquella excelente noticia.

Durante los primeros tiempos de mi reinado efectivo, el gobierno del imperio no resultó un grave problema. Después de tantos años suplantando al monarca, ya había entendido que la política es un sucio negocio en el que se oponen intereses y siempre triunfan los del más poderoso. Eso suponía una gran ventaja, pues no había entonces en el mundo un hombre con tanto poder como yo.

La principal dificultad a la que tuve que enfrentarme no procedía del exterior, sino que latía dentro de mí. Fue admitir que las únicas opciones para el resto de mi vida eran asumir definitivamente el cargo o morir ajusticiado por asesino y usurpador. La disyuntiva no dejaba mucho espacio para la duda, de manera que me entregué por completo a la tarea de reinar con Irene de Frómista siempre junto a mí, salvo en las reuniones del consejo de Estado, donde la bendita tradición no autorizaba la presencia de una mujer. Antes de las audiencias disponíamos juntos la mejor estrategia para cada ocasión, y en la sala del trono ella se comportaba como la perfecta reina consorte que escuchaba, sonreía o me aconsejaba al oído. Nadie al vernos hubiera sospechado otra cosa sino que constituíamos la perfecta pareja de gobernantes y, para mayor fortuna, rara vez entrábamos en conflicto sobre lo que podía resultar más conveniente para los intereses del imperio.

Liberado de la fuerza de la costumbre que antes Santiago y Tomás me imponían, traté de fortalecer la unidad del reino frente a las provincias y, dado que eso suponía ganar autoridad, Irene de Frómista me apoyó sin reservas. Otro tanto sucedió con mi empeño en que los nobles pagasen también impuestos para fortalecer la seguridad de las fronteras y equiparar nuestro ejército a los de Francia y Gran Bretaña, que de continuo amenazaban el comercio con las provincias de ultramar. No cansaré al lector con detalles innecesarios, pues cualquier manual de historia recogerá los logros de mi secretario Zacarías de Senovilla, a quien en justa recompensa concedí el título de marqués de la Encina.

Puse especial cuidado durante esos meses en ir reduciendo de manera paulatina las exhibiciones de locura de mi difunto gemelo. Nunca por supuesto durante las audiencias, y cada vez menos en la vida ordinaria del palacio, se veía al rey subido sobre los muebles, batiéndose en duelo con fantasmas durante la noche o intentando clavar sus dientes en brazo ajeno. Al contrario, empezó a ser frecuente encontrarlo de paseo por los jardines al caer la tarde, aún antes de la puesta de sol. Para justificar aquella mejoría, Irene de Frómista y yo decidimos contar con los servicios de un médico, el cual preparaba hediondos brebajes que yo nunca bebía.

Aunque acostumbré a informarla de todas mis decisiones, la reina no solía cuestionar ninguna. Supongo que había entendido que su capacidad de hacerme daño iba menguando en la misma proporción que aumentaba la mía para causárselo a ella. Había transcurrido demasiado tiempo desde el entierro del conde Guido de Feronte-Bondoror para que cualquier acusación suya sobre envenenamientos y suplantaciones fuese tomada en serio. Nunca hablamos de ello, pero advertí en su mirada que ella era consciente de esa situación. O tal vez la complicidad criminal por la que estábamos unidos de manera indisoluble nos hizo comprender que la mejor manera de continuar hacia adelante consistía en no enfrentarnos. En cualquier caso, la tregua que establecimos llegó a ser tan intensa que a partir de un momento todos los decretos comenzaron a llevar bajo mi firma la divisa *El rey y yo*.

Así era el documento que nombraba a Lucas cochero real, y además insistí en que el mismo preceptor encargado de la educación de los príncipes le enseñase a leer y escribir, pues ninguna otra forma tendría el leal sirviente de comunicarse con el mundo.

La simple mención de los herederos nubló el semblante de Irene de Frómista, que los detestaba sin el menor disimulo.

—No olvides que no son tus hijos —me advirtió.

—No olvides tú que conviene aparentar que sí lo son —respondí.

—Entonces dedícales la misma atención que su verdadero padre. Creo que con eso bastará —dijo antes de dar media vuelta; sin embargo, no había avanzado más de tres pasos cuando se giró para dedicarme una de sus oscuras sonrisas—. A propósito, querido, se me ha olvidado comentarte que el último domingo de este mes por fin se celebrará nuestra boda.

De no ser porque estábamos solos, cualquiera se habría preguntado por qué el rey se desplomaba sobre el trono como un saco de arena.

—Este mes... —repetí, tratando de asimilar la noticia.

—Yo había previsto una ceremonia íntima. El sacerdote, tú y yo, pero he hablado con él y me ha advertido de un serio problema: nuestro matrimonio no tendría ningún valor sin el certificado de defunción de mi difunto esposo. Vamos, que no puedo casarme con alguien con quien ya estoy casada, porque de hecho tú eres él.

—¿Entonces? —pregunté con un frágil atisbo de esperanza.

—A decir verdad, yo solo necesito que nuestra unión sea bendecida, así que en lugar de ocultarnos he decidido que renovaremos nuestros votos matrimoniales ante la corte al completo y, ya de paso, aprovecharemos la ocasión para anunciar a todo el mundo tu curación definitiva.

—Me parece una idea excelente —mentí de manera tan ruin como desapasionada.

—Lo es, cariño. Espero no dejar nunca de sorprenderte —añadió con un mohín coqueto—. ¿También hoy vas a quedarte trabajando?

—Un rato.

—Hasta mañana entonces, futuro esposo —dijo antes de abandonar la sala del trono.

Trabajar es lo que ella creía que yo estaba haciendo cuando en realidad utilizaba el pasadizo para regresar a mi habitación y leer o pensar, aunque de algún modo no le faltaba razón, pues desde que había asumido con todas las consecuencias el gobierno del imperio pensaba mucho más en el imperio que en mí. Esa noche, en cambio, no.

Solo lloré.

Lloré mucho añorando los días en los que Socorro estaba a mi lado para señalarme las cosas que de verdad importaban.

Diecisiete años después de que la Guardia Real al mando de un jinete italiano me secuestrase, desperté una mañana convertido en el hombre más poderoso y triste del mundo, dispuesto a contraer matrimonio con una mujer a la que no solo no amaba, sino que detestaba con toda mi alma.

Espero que el lector no se sienta defraudado si me permito evitar los pormenores de la ceremonia. Baste decir que en bien poco desmerecieron en lujo al enlace original al que asistí como invitado, con la salvedad de que esta vez el rey no trepó a la mesa, no intentó morder a nadie ni golpeó a la reina, aunque este fuese su mayor deseo.

Más que defraudado, el lector sintió una inmensa opresión por el infatigable transcurrir de las agujas en el reloj. Suerte que ya quedaban muy pocas hojas del manuscrito.

Así en el amor como en la guerra

Con la mano dentro del bolso para no perder contacto con la piel que, era de suponer, envolvía las memorias de Félix I de Bondoror, Clara no encontraba la forma de contener su agitación. Junto a ella, Quique conducía con una sonrisa iluminándole la cara.

—Eres un maldito genio. Estaban dentro de la rana.

—Aún no estamos seguros de lo que puede haber ahí, pero desde luego tiene muy buena pinta —dijo Quique intentando calmarla, aunque él no estaba menos alterado.

—Yo sí estoy segura. Llámalo intuición femenina.

—Lo que está claro es que nunca se me hubiera ocurrido de no ser por el profesor Lacalle.

—Deberíamos decírselo, ¿no te parece?

—Por supuesto. Llámale, dile que las tenemos y que ahora mismo vamos directos hacia su casa.

Quique dedujo por las palabras y gestos de Clara que el viejo catedrático se iba emocionando a medida que conocía las novedades.

—¿Lo abro? —preguntó ella ansiosa.

—Si es lo que suponemos, ese documento tiene trescientos años y tal vez haya que tomar alguna precaución, no sé... Casi mejor que lo abra el profesor; solo por ver su cara valdrá la pena.

—La verdad es que sí.

La alegría duró hasta que, después tomar el desvío de la autopista, Quique advirtió que el coche que circulaba tras él mantenía cada uno de sus giros. Para cerciorarse cambió dos veces de rumbo con maniobras absurdas y el coche repitió cada uno de los movimientos.

—No te asustes, cariño, pero nos están siguiendo —dijo sin mirar a su novia, concentrado en buscar alguna solución.

Clara dio un bote en el asiento para mirar hacia atrás.

—¿El Volvo blanco?

—Sí.

—¿Pero cómo han podido saber...?

—La llamada —supuso Quique—. Seguramente tienen pinchados nuestros móviles, o el del profesor, o todos ellos.

—¿Y ahora qué hacemos?

—Lo más importante es salvar las memorias. Dos calles más abajo hay una estación de metro. Cuando lleguemos, bajas del coche y te metes lo más rápido que puedas —dijo Quique sin apartar la mirada del retrovisor.

—Pero...

—No hay otra solución.

—¿Y qué pasa contigo?

—Algo se me ocurrirá.

—Quique...

—Te quiero.

–Y yo, mi amor.

En cuanto el coche se detuvo, Clara abrió la puerta y sin mirar atrás bajó corriendo las escaleras del metro, con pasos cortos las de acceso y a grandes zancadas las mecánicas. Cuando estaba cerca de los andenes oyó el ruido de un tren que llegaba, observó que la gente corría para no perderlo y confundida entre el grupo lo tomó sin otra razón que alejarse de allí. Ya fuera por el esfuerzo o por la angustia, una vez se cerraron las puertas del vagón un temblor incontenible se apoderó de sus piernas, que a duras penas lograban sostenerla. No sabía hacia dónde dirigirse ni cómo actuar, por eso tan pronto cubría su cara con el pelo para no ser vista como extendía la mirada por todo el vagón en busca de posibles amenazas.

Tal vez porque en tiempos de incertidumbre el instinto nos conduce hacia donde nos creemos a salvo, sin ser consciente de haberlo planeado se encontró de pronto en el portal de su padre. Solo al cerrar la puerta de la casa cayó en la cuenta de que tal vez ir allí no hubiese sido la mejor idea.

–Hola, cielo, ¿ya estáis de vuelta? –dijo la voz de Javier desde el cuarto baño, sacándola de sus divagaciones.

–Sí, papá.

–Pues yo me marcho ahora mismo.

Aquellas palabras y la funda del contrabajo apoyada con el mimo de costumbre contra la columna del recibidor prendieron una instantánea chispa en su mente embarullada. Sin pensarlo dos veces, sacó de su bolso el envoltorio de cuero. Antes de meterlo en la funda del instrumento tuvo el tiempo justo de escribir en uno de los papeles adhesivos que siempre llevaba en el bolso: *Son las memorias de Félix I y las están buscando. Cuídalas, por favor.* El olor a loción de afeitado que procedía del pasillo fue el aviso de que su padre se acercaba y Clara cerró la cremallera a toda prisa, acompañando el movimiento con un leve carraspeo para que no detectase el sonido.

—¿Es muy lejos el concierto? —preguntó ella, intentando parecer natural.

—No, no muy lejos, pero, como siempre, llego tarde... ¿Te pasa algo? Estás congestionada.

—Es que he subido corriendo las escaleras.

—¿Y Quique?

—Aparcando.

—Vaya, pues no tengo tiempo de esperarlo.

Después de consultar el reloj y dar a su hija un beso de despedida, Javier se echó a la espalda el contrabajo y abrió la puerta.

—Buen viaje —dijo Clara.

—Gracias. Sed buenos.

En cuanto observó por la mirilla que su padre entraba en el ascensor, cerró la puerta con llave, luego todas las ventanas de la casa, y al fin se derrumbó en el sofá del salón como un muñeco mecánico al que se le han agotado las pilas. Con pulso tembloroso telefoneó a Quique, pero nadie respondió a la llamada. Entonces rompió a llorar. Tan absorta estaba en su desconsuelo que tardó en comprender que el sonido que oía era el timbre de la puerta.

192   Quique logró esquivar a sus perseguidores hasta que en su huida apareció el primer semáforo en rojo. Nada más detener el coche, un sujeto con gafas oscuras surgió de la nada, le enseñó una placa y le ordenó bajar. Mientras era introducido en el asiento trasero del Volvo blanco junto a otro tipo de parecido aspecto, advirtió que un tercero se sentaba al volante de su coche. Tuvo la sensación de que todo había ocurrido en una décima de segundo.

—¿Qué es esto, un secuestro? —preguntó.

—Cállate, mocoso —recibió por toda respuesta.

A la vista de las circunstancias, el mocoso entendió que lo más prudente sería obedecer.

En algún momento del recorrido, el que estaba a su lado le incrustó sin miramientos la cabeza contra el asiento delantero. Quique pensó que de ese modo trataban de evitar que viese a dónde lo conducían. Sonó entonces su teléfono y, cuando alzaba el brazo para sacarlo del bolsillo de su camisa, una mano pesada como un yunque bloqueó su movimiento para hacerse con el aparato. Por vez primera tuvo miedo, pero de inmediato la rabia y la preocupación por Clara arrastraron aquella emoción inútil con la fuerza de un huracán.

Después de iniciar un leve descenso y tomar algunas curvas, el coche se detuvo en un garaje sin ventanas. Eso pudo observar antes de que los dos tipos, sin abrir la boca, le escoltaran hasta un ascensor, donde uno de ellos pulsó la quinta planta. Allí le condujeron a través de un pasillo que transcurría entre lo que parecían ser despachos a ambos lados, algo que no pudo determinar porque todas las persianas estaban bajadas. Por fin le abandonaron en una sala en la que no había más que una mesa de metal y dos sillas.

Como no encontró nada más interesante que hacer, consultó su reloj y le resultó curioso que marcase las doce en punto. Gracias a ese gesto pudo saber que habían transcu-

193

rrido treinta y tres minutos exactos hasta que abrió la puerta un individuo de aspecto elegante, engominado cabello gris y la cara vestida con la que debía de ser su mejor sonrisa.

—Buenos días, Quique. ¿Qué tal estamos? —dijo, como si se conocieran desde siempre.

—Usted, no sé. Yo he tenido días mejores.

En lugar de sentarse al otro lado de la mesa, el hombre trajeado desplazó la silla hasta quedar junto a Quique, quien se vio de pronto invadido por una nube de colonia.

—La juventud sería sin lugar a duda la mejor etapa de la vida si no fuera por esa tendencia propia de la edad a meterse en problemas, ¿no te parece? —preguntó con exagerada cordialidad.

—No me diga que me han secuestrado para darme clases de filosofía. De haberlo sabido me hubiese traído un cuaderno —ironizó Quique para comprobar hasta dónde llegaba la amabilidad de su interlocutor.

—Eres muy gracioso —replicó el hombre sin perder la compostura—. Tanto, que incluso yo me reiría si no tuviera presente el lío gordo en el que tu novia y tú os habéis metido.

—¿Lío? ¿Qué lío?

—Digamos que... sustraer documentos oficiales de un palacio real no está bien visto por la ley.

—No sé de qué me habla.

—¿Dónde están, Quique? —preguntó el hombre, ahora ya menos afable, mientras clavaba en él la mirada.

—¿Dónde está el qué?

Aunque alguna vez en el futuro presumiese de haber sido torturado, lo cierto es que fue suficiente con que aquel educado individuo le detallase lo que le ocurriría a su familia y a su novia si se negaba a colaborar para que Quique respondiese verazmente a todas y cada una de las preguntas que le hizo.

Dos años después del que debería haber sido el día más feliz de mi vida y que resultó a la postre uno de los más desdichados, nació nuestro primer hijo, al que pusimos por nombre Constantino. Hasta donde era posible, la llegada del pequeño aumentó el desprecio de Irene de Frómista hacia los descendientes de Félix I, por cuanto de manera legítima precedían al nuestro como herederos al trono. Por mi parte, no albergaba ya ninguna duda de que la muerte del rey no había sido accidental y temía por la vida de Leopoldo y Francisco. Tanto, que una noche mientras cenábamos recomendé a la reina que nada intentase contra ellos.

—Da la impresión de que les tienes más afecto que a tu propio hijo —se defendió con asco infinito.

—Esos críos no tienen culpa de nada.

—¿Acaso no deseas que Constantino llegue a ser rey?

—Pues para serte sincero, no estoy seguro de desear para él la vida que yo he llevado.

—Estúpido del todo no eres, pero te faltan agallas —sentenció mientras me señalaba con su mano cargada de anillos.

—Se llaman principios. Mis padres primero y el duque después me los inculcaron.

—Pobre imbécil —escupió al tiempo que me dedicaba su mirada más siniestra—. Puedes estar seguro de que no permitiré que tu cobardía arruine el futuro de mi hijo.

—Ándate con cuidado. Hasta mi bondad tiene un límite.

—Tiemblo de pavor solo con oírte —dijo con mucha sorna antes de levantarse y salir sin volver la cabeza.

A pesar del escaso respeto que la reina mostró hacia ellas, algún poso tuvieron que dejar mis palabras, pues Leopoldo y Francisco, si bien nunca se mostraban muy alegres, siguieron creciendo sanos y con mucha frecuencia jugaban con el pequeño Constantino.

Cuando dispuse que Leopoldo tuviese preceptores de esgrima, equitación y diplomacia, Irene de Frómista no mostró la menor señal de desacuerdo. Solo al proponer que asistiera también a las audiencias menos trascendentes para familiarizarse con el cargo que en un futuro tendría, torció ella el gesto, pero de sus labios no salió protesta alguna.

A partir de 1717 llegaron los mejores años, tanto en mi vida como en la del reino. Cierto es que nunca llegué a amar a Irene de Frómista, ni siquiera a confiar en ella, y estoy seguro de no equivocarme al suponer que la única razón que ella tenía para estar conmigo es que de ese modo podía reinar. Y no lo hacía nada mal. A diferencia de mí, poseía un talento natural para adivinar quién escondía la traición o el engaño y sus consejos resultaban por lo común muy oportunos.

Gracias a la intuición de la reina, al talento estratégico de Zacarías de Senovilla, que en bien poco tenía que envidiar al astuto Manfredi, y a mi empeño en llevar a cabo toda idea que me pareciera provechosa, hubiese o no costumbre de ella, alcanzamos algunos logros que tal vez me hagan pasar a la historia como un gobernante eficaz. Concedí privilegios políticos a los nobles que accedieron a pagar impuestos, con lo cual su número no dejó de aumentar. Ordené encarcelar a tres gobernadores de las provincias de ultramar, lo que puso fin a la corrupción en las colonias americanas, y no sin esfuerzo logré que en todos los rincones del imperio rigiesen las mismas leyes. Esta última medida no fue bien recibida en las provincias del norte, donde se produjeron algunas revueltas, pero me mostré inflexible.

Con aquellos ingresos nuevos engordando año tras año las arcas del reino, además de fortalecer el ejército Zacarías y yo resolvimos fundar en la capital las Reales Academias de la Lengua y de la Historia, así como levantar en las ciudades más importantes, incluidas las provincias del norte, escuelas, talleres y hospitales, con lo que me gané el cariño y el respeto del pueblo. Para colmo de venturas, por aquellos días nació mi hija María Valentina.

Pobre niña; fue precisamente el día de su bautizo cuando aquella dicha comenzó a evaporarse. Terminábamos ya el banquete cuando un emisario llegó jadeante hasta mi mesa para susurrarme al oído:

—Majestad, acabamos de recibir noticias desde Italia. Una guarnición militar ha sido atacada por fuerzas austriacas sin previa declaración de guerra. El duque Giuliano Manfredi ha sido hecho prisionero.

Puesto que el consejo de Estado al completo se encontraba en la celebración, di orden a un lacayo para que avisara a los miembros de que estaban convocados a una reunión de urgencia en la sala de plenos. Mientras uno tras otro iban abandonando su puesto en la mesa, informé a la reina de lo que había sucedido.

Mi intención en aquel momento no pasaba de hacer venir inmediatamente al embajador de Austria para pedirle explicaciones por lo sucedido, pero tan inmensa era mi cólera que Irene de Frómista no encontró muchas dificultades para hacerme cambiar de opinión.

—Ataquemos sin más —dijo.

Aquella posibilidad ya había pasado por mi cabeza en cuanto supe que habían capturado al duque, y si la deseché fue solo por mi firme convicción de que la guerra debe ser siempre la última de las opciones.

—Atacar... —repetí, rumiando esa decisión que no terminaba de parecerme la más sensata.

—Son ya muchos años de provocaciones sin que nosotros hagamos otra cosa que hablar y hablar, ¿y para qué ha servido? Para nada. Es el momento de demostrarles que esta vez han cruzado el límite, majestad.

La reina siempre se refería a mí como majestad cuando hablábamos de política.

—Supongo que tienes razón —admití—. Si esta vez no respondemos con firmeza, en el futuro se creerán con derecho a todo.

—Ese es mi hombre —dijo antes de despedirme con un beso, ya que por ser mujer no tenía permitido asistir a la reunión, y esa fue una de las tradiciones que yo no puse ningún empeño en modificar.

Aunque la gravedad de la situación no me permitió advertirlo entonces, hoy por hoy puedo admitir sin reparos que aquella fue una de las reuniones del consejo de Estado más estrafalarias que presidí jamás, por cuanto la mayoría de los presentes se encontraban en diversa medida afectados por la ingesta de licores durante el convite. Tal vez por ello se entabló un enérgico debate entre los partidarios de dar a los austriacos un escarmiento formidable que pusiera fin a sus desmanes y los que, encabezados por Zacarías de Senovilla, acaso el único de los consejeros que se mantenía sobrio, consideraban preferible agotar las posibilidades de la diplomacia.

Me decepcionó comprobar que la persona a quien tenía por la más lúcida del consejo no compartía mi punto de vista; sin embargo, la decisión estaba tomada.

—Podéis estar bien seguros de que, si de mí dependiera, esta guerra nunca tendría lugar. Mil veces preferiría gastar los recursos del reino y la vida de nuestros ciudadanos en una empresa más productiva, pero tengo la firme convicción de que si no demostramos ahora a los austriacos dónde se encuentran las fronteras de nuestros territorios, tampoco entenderán nunca dónde se encuentra la frontera de nuestra dignidad —dije.

La ovación que acompañó a mis palabras me hizo entender que había hablado como un verdadero rey.

—Se hará como decís, majestad —respondió Zacarías de Senovilla con la cabeza gacha en señal de disconforme respeto—. Mañana mismo haré llegar a la embajada de Austria una solemne declaración de guerra, y que el Señor nos ayude.

—No tan deprisa —intervino el marqués de Leza, quien desde la marcha del duque tenía el mando de los ejércitos—. Antes de mostrar nuestras intenciones debemos reclutar soldados, disponer en los lugares más convenientes a nuestras mejores unidades, e incluso ir sembrando en el pueblo un odio ciego hacia los austriacos para evitar protestas ciudadanas y levantar la moral de la tropa. Solo cuando lo tengamos todo perfectamente dispuesto declararemos la guerra. No demos al enemigo la menor ventaja.

—Me parece una táctica excelente y así procederemos —decreté—. ¿Alguna otra sugerencia?

Como todos callaron di por concluida la reunión del consejo y me quedé solo, asombrado de pronto por la trascendencia que podían alcanzar mis decisiones, pero sin remordimiento alguno por la que acababa de tomar. Hice que un sirviente me trajese una jarra de vino y durante largo rato permanecí en la sala de plenos rumiando mis pensamientos.

El primero, como no podía ser de otra forma, fue para Socorro. Consideré la posibilidad de hacerla buscar y traerla de regreso a palacio, tenía poder sobrado para ello; sin embargo, mantenerla cerca de la reina me parecía demasiado egoísta y arriesgado, de modo que preferí pensar que había reconstruido su vida con otro hombre capaz de ofrecerle la felicidad que yo no pude. Era en verdad un consuelo estúpido, pero al menos era un consuelo.

El segundo fue para mi familia, de la que nada sabía desde hacía mucho tiempo, y caí entonces en la cuenta de que mi hermano Juan, al que apenas recordaba, podía ser llamado a filas para la guerra con Austria. No perdí de vista en ningún momento que el propósito que rondaba mi cabeza estaba bien lejos de esos principios de los que tanto había presumido alguna vez, pero no estaba dispuesto a permitir que mi hermano sufriese algún daño por mi causa.

No tengo ganas ni edad para justificarme ahora. Ya reconocí al principio de estas memorias que hay en ellas tantos motivos para la vergüenza como para el orgullo. El hecho es que llamé de nuevo al criado para que hiciese venir a mi presencia a Lucas, el cochero.

—¿El mudo?

—Ese mismo.

Igual que la primera vez que me tomó por el rey, mi antiguo escudero se prodigó en confusas reverencias antes de sentarse en la silla que le indicaba. Cuando le pregunté si ya sabía leer y escribir, él por toda respuesta sacó de su zamarra un puñado de hojas cosidas y una barra de carbón. Con una caligrafía infantil escribió: «Cada día mejor. *Praztico* mucho».

Lo felicité antes de recordarle que estaba muy satisfecho por el resultado de la misión que le había encomendado años atrás. Era la preparación para informarlo de que tenía otra tarea pensada para él.

Volvió a inclinarse sobre las hojas. «Lo que ordene su *majestaz*», escribió.

–Debes conducir uno de los carruajes reales hasta la misma aldea y la misma carpintería de entonces. Anuncias a los que allí se encuentren que el rey en persona ha solicitado sus servicios para realizar unas mejoras en el pabellón de caza y los traes hasta aquí, ¿entendido? Partirás mañana al alba. ¿Alguna pregunta?

Negó con la cabeza antes de escribir de nuevo «Ninguna, *majestaz*, gracias por su confianza».

No aburriré al lector con los pormenores de una guerra que duró poco más de un año y finalizó con una rotunda victoria de nuestras tropas. El 30 de septiembre de 1722 el sur de Italia al completo volvía a pertenecer al imperio, y para celebrarlo se organizó en palacio un festejo como la circunstancia requería.

Esa precisa noche, al entrar en la alcoba, Irene de Frómista me dedicó una de esas miradas suyas capaces de congelar un río.

—Ya ves que no me equivoqué –dijo–. Finalmente nuestro pequeño Constantino será rey de las Dos Sicilias.

Entendí entonces que había existido en ella desde el principio algo más decisivo que el orgullo nacional para apoyar la guerra con tanto ahínco.

El regreso de la rana

Cuando Javier sacaba el contrabajo de su funda para calentar los dedos antes del concierto, un paquete de cuero negro saltó desde el interior y fue a caer sobre el escenario. Su sobresalto fue el mismo que si se hubiera tratado de una serpiente venenosa y los compañeros de orquesta más cercanos a él se giraron sorprendidos ante aquella reacción imprevista.

—Es un regalo de mi hija. No me lo esperaba —dijo al descubrir la letra de Clara en el extraño envoltorio.

No fue solo que el mensaje asegurase que allí dentro estaban las memorias de Félix I, sino el trazo rápido y descuidado de la letra lo que despertó su inquietud. Aunque el director les tenía prohibido utilizar el teléfono una vez que subían al escenario, Javier llamó a su hija. Dos veces marcó sin obtener respuesta. Para aumentar su angustia repiquetearon tres contundentes golpes de batuta sobre el atril del director de orquesta. La sala ya se había llenado y el concierto estaba a punto de empezar.

Buscando razones para no sucumbir al pánico que por momentos lo invadía, fue tocando con desgana unas piezas que nunca le habían resultado tan largas y tediosas. Desde luego no fue la mejor interpretación de su vida, y en cuanto el concierto terminó, sin despedirse de nadie, se dirigió a toda prisa a su habitación del hotel. Tenía el teléfono en la mano para llamar de nuevo cuando sonó. Ver en la pantalla el número de Clara le produjo un alivio inmediato. En cambio, la voz que sonó al otro lado no era la de su hija, sino la de un hombre.

—¿Javier Castillo? —preguntó.

—Sí, ¿quién es usted? ¿Por qué tiene el teléfono de mi hija?

—Veo que vamos por buen camino. Entenderá que si tengo su teléfono es porque también la tengo a ella.

—Pero ¿quién es usted? ¿Qué estúpida broma es esta?

—Ya se lo he dicho, soy el que tiene a su hija, que es lo que usted quiere. Usted, en cambio, tiene un documento, que es lo que yo quiero. Seguro que con estas premisas vamos a encontrar una forma sencilla de entendernos.

—A ver si esta le parece sencilla: o trae a mi hija ahora mismo o envío este paquete a un periódico —amenazó Javier al recordar lo que Clara y Quique le habían contado la noche anterior.

—No es necesario ponerse tan dramático. Solo tiene que decirme dónde se encuentra y esta noche podrá dar un abrazo a Clara y a su novio, que por cierto también anda por aquí.

—Quiero hablar con ella.

—Eso no es ningún problema —accedió el tipo.

—¿Clara? —preguntó con la voz llena de angustia.

—Papá, siento haberte metido en este lío, yo...

—No digas tonterías, ¿estáis bien?

—Sí, papá. Hazles caso, por favor, esta gente no bromea.

—No te preocupes, cariño, esta noche habrá terminado todo. Pásame otra vez al desgraciado ese.

—¿Más tranquilo? —preguntó el tipo—. Ya ve que no hay motivo para alarmarse. Dígame dónde podemos hacer el intercambio y todos podremos olvidarnos para siempre de este feo asunto.

Javier le dio la dirección del hotel antes de amenazarle de nuevo.

—Si le ocurre algo a cualquiera de los dos...

—Tranquilo, no es esa nuestra intención. Ah, y no toque ese paquete bajo ningún concepto.

—Son ustedes despreciables —gritó antes de colgar.

Desoyendo la última advertencia, Javier deshizo los nudos de piel que sujetaban el atado y encontró un puñado de cuartillas amarillentas escritas con pluma. Supuso que vendrían a buscarlo desde la capital y que no conducirían muy preocupados por respetar los límites de velocidad. Eso significaba que tenía menos de tres horas para leer aquellas páginas escritas con letra estilizada y elegante.

Han sido muchos los meses que he estado madurando la idea de escribir estas memorias. Me retenía la dificultad que una tarea de esta envergadura supone para alguien que nunca fue un hombre de letras...

Leyó tan rápido como sus ojos le permitieron, tomando en su cuaderno de notas los datos que consideró más importantes, y al terminar volvió a organizar el paquete como lo había encontrado. Ahora entendía por qué aquellas memorias eran tan importantes. Desvelaban nada menos que la misma dinastía que llevaba trescientos años reinando en el país era la descendencia de un humilde carpintero. Una profunda congoja le invadió al pensar que nadie salvo él conocería jamás el contenido de ese documento, pues sin la menor duda sería destruido de inmediato o guardado bajo siete llaves.

Aún seguía rumiando aquellos oscuros pensamientos cuando sonaron unos golpes en la puerta de la habitación. En el umbral encontró a Clara y a Quique escoltados por un par de sujetos con traje. Sus rostros parecían tallados a golpe de cincel y, mientras entraban mirando en todas direcciones antes de cerrar a sus espaldas, advirtió que uno de ellos tenía doblado el faldón de su americana para exhibir la culata de una pistola.

—El paquete —dijo el otro.

Javier reconoció la voz con la que había tratado por teléfono.

—¿Secuestrar jóvenes forma parte de su trabajo habitual? —preguntó mientras entregaba el documento.

—Nosotros no tenemos un trabajo habitual —respondió el individuo con una sonrisa irónica.

—Por la cuenta que les tiene, mejor será que olviden por completo lo que ha sucedido —añadió el de la pistola antes de salir, mostrando ahora el arma con mayor claridad para subrayar su amenaza.

Cuando quedaron a solas, los tres se fundieron en un largo abrazo empapado en lágrimas. Una vez que lograron recuperar el aliento, Clara y Quique fueron contando sus peripecias, primero las que vivieron en común y después por separado. Javier esperó pacientemente a que terminaran antes de confesar que había leído las memorias.

—¿Qué? –preguntaron ambos al unísono, las mandíbulas descolgadas de puro asombro.

Para mantener el suspense, Javier encargó la cena en la habitación y hasta la madrugada les estuvo contando la increíble historia de Ignacio Feronte, más conocido como Félix I de Bondoror.

Lucas regresó de la aldea con mis hermanos Juan, Marta, Antonio y la esposa de este. No precisé de mucha ciencia para entender, sin necesidad de preguntas, que nuestros padres habían fallecido. Di orden de que fueran instalados de manera confortable en las habitaciones del servicio y una semana después de su llegada los convoqué en el salón del trono. Fue tan doloroso encontrar a mi propia familia inclinada ante mí que por un momento temí que la voz se me fuese a quebrar, pero tantos años de fingimiento habían terminado por convertirme en un virtuoso cuando de controlar las emociones se trataba.

—Levantaos –ordené.

—Majestad –dijo Antonio cuando al fin se atrevió a mirarme a la cara.

Habían pasado muchos años, pero desde luego él no había olvidado mi rostro y un levísimo brillo de asombro se asomó por un instante a sus ojos.

—La razón por la que os he hecho llamar es que hace algún tiempo uno de mis soldados, de nombre Ignacio Feronte, me dijo que procedía de una familia de excelentes carpinteros y ahora necesito vuestros servicios para terminar un palacete. Me refiero a marcos, puertas, muebles, galerías... En fin, todo lo necesario para hacerlo habitable. ¿Os sentís capaces de realizar esa empresa?

—Por supuesto, majestad —respondió Antonio.

—Bien. A cambio recibiréis manutención, alojamiento y un buen jornal. Las mujeres pueden incorporarse al servicio de palacio con las mismas condiciones. ¿Os parece adecuado?

—Es muy generoso, majestad.

—Y también exigente, no lo olvides. Empezaréis hoy mismo. Guzmán, mi ayuda de cámara, os llevará hasta el palacete para que os hagáis una primera idea del trabajo que os aguarda, y a vosotras os indicará cuáles serán a partir de mañana vuestras ocupaciones. Ahora salid —añadí con aquel gesto de cansancio que tanto agradaba al malogrado Félix de Bondoror.

Al quedar solo respiré con inmenso alivio. Tener a mi familia cerca me proporcionaba una sensación de seguridad tan intensa como inexplicable. Creo que la dicha habría sido completa si mis padres hubieran estado allí, aunque dudo que mi madre no se percatase del engaño y, saltándose todas las normas del protocolo, se abalanzara sobre el trono para estamparme dos besos en la mejilla. O un bofetón, por mentiroso.

Disculpe el lector si hasta ahora le he ocultado la existencia del palacete que mis hermanos debían arreglar. Lo mandé construir junto al lago con la excusa de convertirlo en pabellón de caza, pero en realidad aquel edificio obedecía a un plan secreto que llevaba ya algún tiempo madurando, y no era otro que abdicar en Leopoldo. Lo encontraba preparado para el gobierno, yo tenía la certeza de haber cumplido hasta ese momento mis obligaciones con la mayor dignidad que supe y no deseaba seguir sintiéndome un impostor. Aquel palacete estaba destinado a ser mi hogar, y tal vez el de Irene de Frómista, hasta los últimos días de mi vida.

Cuando la nueva residencia estuvo terminada, fui inventando nuevas ocupaciones para mis hermanos a fin de que no abandonasen la corte y, aprovechando que Leopoldo había cumplido veinticinco años, presenté mi renuncia al trono en el primer consejo de Estado que se presentó, lo que de manera inmediata convertía en rey a Leopoldo V de Bondoror.

El anuncio pareció causar gran conmoción entre los consejeros, pues durante largo rato todos permanecieron callados –a lo sumo alguno negaba con la cabeza– hasta que Zacarías de Senovilla tomó la palabra.

–Majestad, creo hablar en nombre de todos los presentes si os ruego que reconsideréis esa decisión –dijo con solemnidad–. Os encontráis cerca de la cincuentena, esa edad que los sabios cifran como el umbral de la sabiduría, y todos los indicios apuntan a que gozáis de una magnífica salud desde que os recuperasteis de vuestras viejas dolencias. Las cuentas del reino están más saneadas que nunca, hemos arrebatado a los austriacos las posesiones italianas y el pueblo os ama, señor. No veo razón alguna para que en estas condiciones presentéis la renuncia al trono.

–La única razón, mi querido Zacarías, es que estoy cansado y deseo disfrutar los últimos años sin responsabilidades de gobierno. Tarde o temprano Leopoldo está llamado a sucederme, y tal vez sea mejor que eso ocurra cuanto antes;

de ese modo tendrá tiempo de aprender de los errores que sin duda cometerá.

Con todo tipo de argumentos trató el consejo de disuadirme, pero se trataba de una resolución largo tiempo meditada y no admití ninguno de sus argumentos. Aquella misma tarde hice llamar a Leopoldo para comunicarle que en el plazo de treinta días, tal como determinaba el protocolo, sería coronado.

—Padre, yo no tengo ninguna prisa por ocupar el trono. Creo que aún me quedan muchas cosas que aprender —dijo, abrumado por la enorme responsabilidad que le aguardaba.

Reconozco que siempre tuve debilidad por el sensible Leopoldo, más que por el sigiloso Francisco y tal vez incluso más también que por mi propio hijo, el competente Constantino, que se encontraba en Nápoles a cargo del ya anciano duque Giuliano Manfredi para aprender el idioma y las costumbres del país en el que reinaría.

—Me temo que soy yo el que tiene prisa por abandonarlo. Quizá te parezca egoísta por mi parte, pero deseo vivir lejos de toda preocupación política los días que aún me quedan.

—Sea como decís, padre, pero decidme al menos que podré contar con vuestros consejos si los necesito.

—No lo dudes ni por un momento. Aún me quedan algunas cosas que enseñarte durante este mes, en especial un pasadizo secreto que puede serte muy útil en según qué situaciones.

—¿Puedo abrazaros?

—Puedes.

Puesto que tenía oídos en todas partes, Irene de Frómista no tardó en conocer la noticia y su reacción fue exactamente la que esperaba.

–¿Qué estupidez es esa de que has abdicado? –me preguntó después de entrar sin anunciarse en mi cámara privada.

Traía los ojos inyectados en sangre y abultada la vena de su frente como siempre que la furia la dominaba.

–Observo que ya has sido informada –respondí con mucha calma–. Es cierto, querida, esta mañana he presentado al consejo de Estado mi renuncia al trono en favor de Leopoldo.

–¿Pero tú te has vuelto imbécil o qué demonios te pasa? –gritó, al tiempo que invadía con su busto mi mesa de despacho.

–Lamento discrepar, cariño, pero creo que es la decisión más lúcida que he tomado en mi vida –repliqué sin inmutarme.

–¿Y qué pasa con Constantino?

–Constantino será muy pronto rey de Nápoles, como tú querías, y nosotros podremos retirarnos a vivir tranquilos en el palacete que he mandado construir cerca del lago, ¿no te parece un plan genial?

–¿Genial?... Eres... Eres un perfecto cretino, un bastardo, un pedazo de anormal que nunca mereció salir de los más sucios establos –aullaba, golpeando la mesa a cada insulto–. Pero te aseguro que esto no va a quedar así, todavía puedo denunciarte por usurpador.

Adelanté mi cuerpo hasta que nuestras caras quedaron a menos de un palmo de distancia.

–¿Ah, sí? ¿En serio piensas que alguien va a creer hoy que hace más de veinte años asesiné al auténtico Félix de Bondoror? ¿Y si tú lo sabías y callaste durante todo este tiempo, eso no te convierte al menos en cómplice?

—Perdona, querido, es solo que no quiero que abdiques, hazlo por mí, por nosotros. Prométeme que al menos lo pensarás —suplicó, teatral, cambiando de estrategia al comprobar que las amenazas ya no le funcionaban conmigo.

—Como dijo el divino Julio, la suerte está echada, mi amor.

—Maldito seas mil veces —gritó antes de abandonar la cámara con un estrepitoso portazo.

Supe que el más duro de los trámites estaba superado, y para celebrarlo di orden de que me subieran de la bodega uno de los mejores vinos. Era también una forma de eliminar el perfume que había quedado flotando en el ambiente.

Pese a las reticencias de Irene de Frómista, un día después de la coronación de Leopoldo nos retiramos a vivir al palacete del lago con una pequeña cohorte de sirvientes entre los que incluí a mi hermana Marta y a mi cuñada Verónica, aunque la antigua reina no parecía resignarse a la pérdida del cargo y pasaba más tiempo en el palacio que en nuestro nuevo hogar. Era esta una costumbre que yo agradecía, pues cuando se dignaba a volver, por lo general al caer la tarde, apenas me dirigía la palabra y en sus labios se había instalado un perpetuo mohín de desprecio.

Por mi parte, recuperé bien pronto los placeres de una vida sencilla. Cabalgaba, leía, pescaba o asesoraba a Leopoldo cada vez que este me solicitaba un consejo. Incluso de vez en cuando me dejaba ver por los trabajos de mis hermanos, quienes por mi condición de rey cesante y por las frecuentes visitas habían empezado a ganar confianza en el trato que me dispensaban. Así averigüé los detalles relativos a la muerte de mis padres y también que el negocio de la carpintería en la aldea no marchaba bien desde hacía varios años, por lo que se mostraban muy agradecidos con la oportunidad que yo les había ofrecido. No hará falta mencionar la felicidad que saber aquello me produjo, pero al parecer algunos destinos están llamados a escapar de la felicidad como los topos huyen de la luz, y sin la menor duda el mío era uno de ellos.

Ocho meses después de ser coronado, Leopoldo murió a consecuencia de una súbita y rara enfermedad a la que nadie supo dar explicación, salvo quizá yo o, mejor aún, mi siniestra esposa.

Las leyes, que yo conocía bien, eran tajantes respecto a la abdicación de un monarca. No había vuelta atrás posible y, en consecuencia, el trono correspondía al príncipe Francisco; sin embargo, Irene de Frómista movió todas sus influencias, que eran muchas, para que el consejo de Estado promulgara un edicto de excepción que me declaraba rey de nuevo. Así fue como, el mismo día del entierro de Leopoldo, volví a convertirme a mi pesar en Félix I de Bondoror.

—¿Cómo se siente su majestad? —me preguntó la reina, muy cariñosa, la primera noche de nuestro regreso a palacio.

—Tú lo mataste, ¿verdad? —dije, buscando con determinación en la oscuridad de sus ojos.

—No tienes ninguna prueba de lo que dices —respondió como si apartara una mosca molesta de su cara.

—No las necesito. Te conozco bien y esa es la mejor prueba.

—Por mucha corona que luzcas nunca dejarás de ser un carpinterucho plebeyo sin altura de miras, Ignacio Feronte. Sin mí no eres nada, ¿lo oyes? Menos que nada.

—Eso lo vamos a comprobar, porque desde este mismo instante tienes prohibido asistir a las audiencias reales o entrar en cualquiera de mis aposentos. No quiero estar cerca de una asesina y, si en algún momento te veo cerca del príncipe Francisco, haré que te encierren.

—Tu hijo Constantino será algo más que rey de Nápoles. Gobernará el imperio y tú no podrás hacer nada para impedirlo.

—¡Fuera de mi vista! —grité, poseído por una cólera infinita.

A partir de aquella conversación, nuestro odio mutuo no dejó de crecer año tras año. Nunca volvimos a dormir juntos, hacíamos lo posible por no encontrarnos y, cuando esto resultaba inevitable con motivo de alguna celebración, yo no vacilaba en subirme a la mesa del banquete y croar a voz en grito. Era mi humilde forma de recordarle su peor pesadilla.

Con las fronteras de Europa aseguradas y la nueva armada defendiéndose con eficacia de los piratas ingleses, mi segundo reinado resultó mucho más tranquilo que el primero, tanto que a veces pienso que mi principal ocupación de los últimos años consistió en vigilar cada día mi comida y la del príncipe Francisco. Además, las noticias que iban llegando desde Nápoles revelaban que, para mi orgullo de padre, Constantino se estaba conduciendo como un gobernante moderno y eficiente. Solo dos tristes sucesos enturbiaron aquellos días apacibles. El primero fue la noticia de la muerte de Giuliano Manfredi en la corte italiana; el segundo, apenas unas semanas después, el fallecimiento del fiel Zacarías de Senovilla.

Para sustituir a este último, dado que las fuerzas comenzaban a faltarme, necesitaba a alguien de mi absoluta confianza y, tras sopesarlo con detenimiento, no encontré mejor solución que hacer regresar a Tomás Sigüenza de Soto de las colonias de ultramar.

Cuando al fin lo recibí en audiencia me costó reconocer al esbelto Tomás en aquel hombre sobrado de peso, con larga barba y cabellos blancos. Casi cuarenta años habían pasado por su cuerpo como una manada de potros salvajes, y es de suponer que también él advirtió en quien creía su rey la huella inclemente del tiempo.

—Majestad —se presentó en prolongada reverencia.

—Me alegra mucho volver a verte, Tomás —dije, alzándole con mis propias manos—. ¿Cómo fue la vida en las colonias?

—Distinta, señor, menos civilizada, aunque por eso mismo también muy estimulante.

Encontrarme de nuevo con aquel hombre que tanto me había enseñado removió en mi interior muy antiguas emociones, de esas que en los ancianos se manifiestan en forma de labios descolgados y ojos húmedos. Tan intensas fueron, o tan débil ya mi voluntad, que hube de contenerme para no confesarle con quién estaba hablando, pero siempre se había mostrado leal a la corona y temí que conocer la verdad sirviera solo para confundirlo.

—Dime, ¿te agrada haber vuelto a la corte?

—Nunca tuve otro interés que servir a su majestad.

—Poco tiempo vas a estar ya a mi servicio, querido Tomás. Es para que sirvas al príncipe Francisco por lo que te he hecho llamar.

—No digáis eso, majestad —protestó meneando la cabeza.

—Sé bien de lo que hablo, créeme. Tu misión más importante será guardar al príncipe de la reina, pues temo que algo malo le suceda como le ocurrió a su hermano Leopoldo.

—Pero...

—Es una orden, Tomás.

—Haré cuanto esté en mi mano, señor.

—No esperaba menos.

Desde que Tomás se ha puesto al día en los asuntos de gobierno y ha asumido la tutela de Francisco, yo he ido reduciendo mi presencia pública con la excusa de una larga indisposición para escribir estas memorias, con las que no busco sazonar mi vanidad, alimento ya innecesario para un moribundo, sino impedir que sucesos tan cruciales en la historia de nuestro reino permanezcan sepultados para siempre en el pozo del olvido. No ha sido labor pequeña resumir una vida como la que yo he llevado en un puñado de cuartillas, y a buen seguro algunos detalles valiosos habrán quedado enterrados para siempre en el fondo de mi tintero. Espero que el lector sepa disculparme por ello; si no han sido más extensas es por miedo a que la muerte me impida concluirlas, y siento ya su aliento muy cerca.

Un solo detalle falta para cerrar el círculo que abrí al iniciar este escrito, y para tal propósito he hecho llamar a mi hermano Antonio. Ha llegado el momento de explicarle la razón por la que durante meses lo he tenido fundiendo una rana de bronce hueca para la fuente del jardín.

—Toma asiento, por favor —le digo interrumpiendo su reverencia—. A veces la vida nos depara increíbles sorpresas, ¿no te parece?

—Supongo que sí, majestad.

Aunque me dé la razón, sé que no entiende de qué le estoy hablando. Uno de los muchos inconvenientes de ser rey es que quienes te rodean suelen siempre estar de acuerdo con lo que dices.

—Dime, Antonio Feronte, ¿no te recuerdo a nadie? —pregunto, después de situarme frente a él para que pueda observarme con detalle.

—Pues...

—¿A tu hermano Ignacio, quizá?

—A decir verdad, sí, señor. Es algo que pensé desde el momento en que os vi.

—Es natural, aunque reconozco que he cambiado bastante desde que nos peleábamos en la carpintería.

Antonio palidece mientras su mirada me va recorriendo en todas direcciones hasta detenerse en mi cara.

—¿Cómo decís...?

—Todavía recuerdo las zurras que nos daba padre cuando nos equivocábamos en las cuentas. Un buen carpintero es aquel que sabe tomar las medidas exactas y no se deja engañar en las cuentas ni por la serrería ni por los clientes —añado con el índice levantado como padre hacía.

—¡Ignacio! ¿Pero cómo demonios...? —balbucea desconcertado.

—¿Recuerdas que con motivo de la visita del rey a nuestra aldea la Guardia Real me llevó consigo?

—Imposible olvidarlo. Madre presumía de ello, pero creo que no volver a veros... a verte, acortó su vida —dice Antonio, y seca sus ojos con un pañuelo.

—El único motivo fue que mi parecido con el rey era asombroso. Fui educado para sustituirlo en algunos actos, pero tras la muerte de su esposa Félix perdió la cabeza y tuvo la mala fortuna de casarse de nuevo con una criatura del infierno. Me refiero a la reina Irene, mi esposa, que terminó por asesinarlo.

–¡Madre mía! –exclama, sus ojos abiertos como balcones en verano.

–Hicimos creer a todo el mundo que el muerto era yo y desde entonces me convertí en él.

–Necesito digerir lo que estoy oyendo –confiesa con voz temblorosa.

–Toma un vaso de aguardiente –le aconsejo al tiempo que se lo sirvo–. Te sentará bien y yo tendré tiempo para terminar de escribir esto... Es el testimonio de lo que te he contado. Debes protegerlo con el mayor celo, léelo si quieres y después ocúltalo dentro de esa rana hueca que has construido.

–¿Por qué?

–Si llegara a saberse que un carpintero ha gobernado el imperio durante los últimos cuarenta y dos años, ¿qué crees que ocurriría?

–Entiendo...

–Además, esa maldita mujer que todo lo sabe sospecha que estoy escribiendo mis memorias y lo último que ella desea es que la verdad sea conocida. Por eso debes guardarlas en el interior de la rana poniendo la máxima atención en que nadie, ¿oyes bien?, nadie te vea hacerlo.

–Descuida, Ignacio.

–Tómalas... No, aguarda un instante.

Después de este abrazo que estoy a punto de dar a mi hermano sé que ya puedo descansar tranquilo.

Epílogo

Como estaba previsto, el 15 de septiembre se inauguró la exposición documental de la Academia de la Historia para conmemorar los trescientos años en el trono de la dinastía Bondoror. No asistió el rey, aunque se había rumoreado mucho sobre su presencia, pero sí algunos miembros de la casa real, y por ese motivo las medidas de seguridad resultaban agobiantes.

Clara se movía con soltura entre los invitados agradeciendo aquí y allá los elogios a sus copias, aunque ella solo tenía ojos para los retratos de Félix I. El profesor Lacalle, por su parte, solo tenía oídos para los detalles de las memorias que Javier le iba dando en respuesta a sus continuas preguntas.

—Como es lógico, las memorias acaban a la muerte de Ignacio Feronte, pero según he averiguado también es casualidad que Francisco VI muriese sin hijos poco después de convertirse en rey.

–¿Casualidad? No se engañe, amigo mío, me temo que en este caso la casualidad tiene nombre propio –advirtió el catedrático.

–Irene de Frómista, no me diga más.

–No tengo la menor duda de que fue ella quien lo envenenó, igual que a Leopoldo, para que Constantino dejase el trono de Nápoles y reinase en todo el imperio. Era su hijo y esa su única obsesión.

–Parece que siempre ganan los malos –se lamentó Javier.

–Curiosamente, Constantino resultó ser un magnífico gobernante, pero está claro que la historia de nuestro país no ha sido escrita por un guionista de Hollywood –bromeó el profesor.

Clara recibía las felicitaciones del director de la exposición cuando distinguió sobre el runrún de tantas conversaciones la inconfundible voz de su hermana y, junto a Natalia, estaba su madre. Como pudo se zafó del director para acercarse a ellas.

–Te felicito, hija.

–Mamá... No te esperaba.

–Me alegro de que el plan haya dado resultado.

–¿Plan? ¿Qué plan?

–Te encontraba tan descentrada que hablé con tu padre y juntos decidimos que un cambio brusco de vida tal vez te viniese bien. Me parece que acertamos.

–¿Así que echarme de casa era parte de un plan?

–Sí, un plan estupendo, a la vista está. Por cierto, me he enterado de que tienes un novio muy simpático, ¿me lo presentas?

Índice

Miguel Sandín

Nacido en Madrid en 1963, estudió filosofía en la Universidad Complutense. Allí fue miembro fundador y colaborador de la revista *Thales*, que hoy sigue editando la propia Universidad. Enamorado del teatro, formó parte de diversos grupos y por último fundó su propia compañía, Karmesí Teatro. Desde hace casi treinta años da clases en secundaria y bachillerato tanto de filosofía como de historia y arte. Ha publicado las novelas *El gusano del mezcal, Expediente Pania, Piensa también en el azar, El hermano del tiempo* y *El Lazarillo de Torpes*. En 2014 quedó finalista del Premio Nadal con la obra titulada *Por si acaso te escribí* (Premium, 2017).

Bambú Exit